「あんたは俺のものだからな、もう他の誰にも触らせるなよ」
かさぶたの上を、今度はイドの舌が這う。

囚《とら》われうさぎは獅《し》子《し》王《おう》の腕《うで》の中《なか》

茜《さい》花《か》らら

ILLUSTRATION：カゼキショウ

囚われうさぎは獅子王の腕の中

LYNX ROMANCE

CONTENTS

囚われうさぎは
獅子王の腕の中

「降りろ」

輿《こし》の外から唸《うな》るような声が聞こえて、ユウリは体を強張《こわば》らせた。

ユウリの小さな体には広すぎるほど大きな輿にかけられていた薄衣が乱暴にめくりあげられる。急に差し込んできた強い陽射《ひざ》しを振り返ると、険しい顔つきをしたライオンが顔を覗《のぞ》かせた。

「――……」

覚悟を決めて、立ち上がる。

ユウリの貧弱な体躯《たいく》を鼻で笑ったライオンが身を引くと、薄衣の外にアッティーカ王国の砂っぽい景色が広がっていた。

――今日からここで、人質として暮らす。

あるいは、死ぬまで。

ユウリは故郷クローヴァ王国の緑豊かな地面を思い返しながら、灼熱《しゃくねつ》の地に降り立った。

うさぎと人間の暮らす国、クローヴァ王国からライオンの足で五昼夜を駆けたところに、アッティーカ王国はある。

ものの話には聞いたことがあったけれど、気候は乾燥していて、陽射しがジリジリと焦げ付くようだ。

ユウリの頭上に伸びた長い耳が乾燥した地面に影を落とす。果たしてこれは本当にユウリが故郷で感じていた太陽と同じだろうかと疑いたくなるくらい暑い。この世に太陽が二つあるなんて話を聞いたことはないから、きっと同じ太陽なんだろう。

ここまでひどく暑く――いや「熱く」感じるのは、遮るものがないからだ。

アッティーカには快適な木陰を提供してくれるような葉の多い木が極端に少ないようだ。さわやかな風が吹く瑞々《みずみず》しい草原も、甘やかな香りのする花壇もない。

乾いた石でできた宮殿に入るまでは足元に色濃い影がついてくるばかりで、ユウリは輿を降ろされてから宮殿に入るまでにすっかりくたびれてしまった。

それはもちろん、周囲のライオンから向けられるぎらついた視線のせいもある。

広大な宮殿の中に行き交うのはみんな、体の大きいライオンばかりだ。メスのライオンたちでさえユウリよりも背が高く、値踏みするような強い視線を通り過ぎざまに投げつけていく。

「うさぎだ」

どこからともなくつぶやきが聞こえて、ユウリは頭上の長い耳が総毛立《そうけだ》つのを感じた。

――美味《うま》そうだな。

そう聞こえたのは気のせいだっただろう。だけど、憐《あわ》れむような笑みを浮かべたライオンたちは心中で舌舐《な》めずりをしているに違いない。

ユウリは大きく息を吸い込んで胸を張り、虚勢を張るように赤い目を周囲に向けた。

うさぎのユウリがいくら睨《にら》みつけてみたところで、ライオンたちは目を逸《そ》らしたりはしない。だけど、ここでうつむいていては二度と顔を上げられなくなるような気がした。

「どこへ向かっているのですか」

怯《おび》えてなどいないと知らしめるために大きな声で案内人の背中に尋ねる。

ユウリの視界を覆うような大きな背中が少し間を置いてからゆっくりと振り返る。

琥珀《こはく》のようなライオンの目で一瞥《いちべつ》されると、それだけで身が竦《すく》むようだ。ユウリは怯えを悟られまいとして密かに拳《こぶし》を握りしめて、その目を見上げた。

「イド様に面通しだ」

唸るような声。

「イド……」

アッティーカ王国の若き王だ。

ユウリがこんな野蛮な国に来る羽目《はめ》になった張本人とも言える。今日まで何度も設けられたクローヴァ王国との話し合いの席に、結局一度も姿を見せることはなかった。

いったいどんな怠惰な王が待っているのか。

あるいは、クローヴァ王国と交わした約束も反故《ほご》にするような無作法者かもしれない。

ユウリが息を詰めて視線を伏せると、頭上でライオンの鼻息が聞こえた。

「様をつけろ」

「え？」

気付くと、案内人はユウリに背を向けて歩き始めていた。

「――イド様、だ」

振り向きもせず、声だけが答える。その背中を慌てて追いながら、ユウリは胸の内で眉を顰《ひそ》めていた。案内人にこんな不躾《ぶしつけ》な態度を取られる筋合いはない。

「ああ、……すみません。イド様の執務室に？」

「王の間だ。お前は一応、来賓《らいひん》だからな」

多少ムッとした声でユウリが尋ねても、案内人は意にも介さず、振り返りもしない。

なんだその態度は、と叱責《しっせき》してやったらどんな騒ぎになるだろうか。この場で他のライオンたちから寄ってたかって摑《つか》みかかられて嬲《なぶ》られて、あっという間に殺されてしまうかもしれない。

ユウリは笑えもしない自分の最期を想像して、頬《ほお》を引き攣《つ》らせた。

はらわたが煮えくり返るような気持ちと背筋の凍るような想像で体が震える。

そうしているうちに大きな歩幅で前を歩くライオンに置いて行かれそうになって、ユウリは小走りでその背中を追った。


クローヴァ王国にアッティーカの使者がやってきたのは、ユウリが毎年楽しみにしている果実祭の数日前のことだった。

「おにいさま、とうさまがお城に呼ばれたって本当？」

突然ライオンが訪ねてきたという話題で国中は騒然となっていた。

ライオンといえば乱暴で、野蛮で、血なまぐさい種族だ。

ライオンが侵略してくるつもりなんじゃないかと不安がる声が大きく、ユウリも気が気じゃなかった。

そんな中、クローヴァ王国の政務官を務める父が城に上がったというのだから、母の顔が青ざめているのも当然だ。

「父様のことだから陛下に何かお褒めの言葉を賜ってお帰りになるかもしれないよ」

ユウリは幼い妹の背中を撫《な》でてあやしながら、母の沈痛な顔を一瞥した。

クローヴァ王国は今では人間とうさぎが共存し、人間の国王をいただいている。

しかしそうなる以前——五百年ほど前までは、ユウリの血筋が王族と言われていた。

すらりと天に伸びた長い耳に純白の毛。宝石のように赤くつややかな瞳は今でも人間たち貴族と並べて重用されるほど貴い存在の証《あかし》だ。

だからこそ父はうさぎでありながら人間たちと同等の役職に就いているし、国が有事の際は、城に招かれる。

用件は当然、アッティーカからやってきたライオンの使者のことだろう。

昼下がりにやってきたライオンのせいで、騎士団はみな総毛立ち、国中のうさぎには家の中に閉じこもっているようにとお触れが出た。

何事もなければいいけれど。

そう考えながら、その何事ってなんだ、と自分でもおかしく思えてくる。

ライオンが侵略してくるつもりならば使者を立てることなどしないし、きっと何か交渉の余地のあることなのだろう。

第一、今更ライオンがクローヴァ王国に攻め入る利点はない。

ここはライオンにとって住みやすい気候とは言えないし、人間はかつてライオンと戦って勝利したことがあるらしい。危険を冒してまでうさぎや人間を食べたいと思うものだろうか。

——そもそも、ライオンがうさぎを食べるっていうのは本当なのか？

絵本を持ってきて読んでとせがむ妹を抱き上げ、その柔らかい頬に鼻先をすり寄せる。

食べちゃいたいくらい可愛《かわい》いとはものの喩《たと》えで、本当に食べるなら果実や野菜のほうがよほど美味《おい》しいに決まっている。

「お父様、早くお戻りになるといいけれど……」

妹を膝に乗せて絵本を開いたユウリの耳に、不安を零《こぼ》す母のため息にも似たつぶやきが聞こえた。

その声が聞こえてしまわないように妹の長い耳をそっと伏せて、ユウリは苦笑した。


ユウリがクローヴァ城に招かれたのは次の日の晩のことだった。

元王族の血筋とはいえ、一介の大臣の息子を城に招くだなんて、聞いたことがない。この国に何かが起こっていることは疑う余地もなくなっていた。

ユウリを送り出す母の様子はもはや焦燥していると言っても過言ではなく、その様子に誘われた妹が泣き出さないようにとユウリは笑顔で私邸を後にした。

城に入るのは初めてじゃない。

父の息子に生まれた以上、将来は大臣の座に収まることが決まっていたし、そのためにも成人を待たずに社交の場があれば父に同伴することを決められていた。

とはいえ、夜会でもない日に玉座の間に招かれるなんて初めてだ。

ユウリは今まで、国中の貴族や名門商家が集《つど》う、華やかで開かれたクローヴァ城しか知らない。それ以外の日はいくら父が勧めていようともどこか遠い存在に感じていた。

といっても夜会だって、ユウリにとっては楽しい行事というわけでもなかった。

最近は年頃になったユウリに娘をあてがいたい貴族の相手ばかりで、ユウリ自身はまだ結婚なんて考えられないし、メスたちもユウリのことはあまり好ましく思っていないようだった。

ユウリの隣に並ぶのは嫌だ、と実際に貴族の娘たちが噂《うわさ》していたのも知っている。隣に並びたくもないオスとの縁談だなんて、娘たちにとっても苦痛だろう。

いつかはどこかの貴族の娘と結婚するのかもしれない。願わくば自分の両親のようにお互いを自分の半身のように想えるような相手が良いのだけれど。

そんな漠然と思い描いていた未来も、この国の安泰あってのものだ。

母や妹が笑顔で暮らしていくためにも。

この国に何かが起きているなら、この生活を守るためにユウリにできることがあるならば。

覚悟を決めたユウリの赤い目の前で、玉座の間の扉が重々しく開かれる。久しぶりに訪れた玉座の間は、凍り付くように静まり返っていた。

時が時ならば国王になっていたであろうユウリの父も、王座のそばで佇《たたず》んでいる。母のように憔悴《しょうすい》しているようでもなく、ただ少し垂れ下がった耳の毛並みを見て、父も年を取ったのだなあと感じた。

「ハインドマン家嫡嗣《ちゃくし》、ユウリ・ハインドマンでございます」

国王の前に歩み出て、膝をつく。

父の他に参列しているのは人間の大臣ばかりで、長い耳を垂らして頭を下げたユウリに向けられる視線からは何も読み取ることはできなかった。

「ユウリ」

国王が絞り出すように声をあげる。

ユウリは自分でも不思議なくらい落ち着いていた。

ここに自分が招かれた意味はわからない。きっと嬉《うれ》しい報《しら》せじゃないだろう。

だけど、きっと自分にしかできない役割を与えられるのだと思った。

うさぎと人間、種族は違えどユウリにとっては生まれた時から同じ国で暮らしてきた存在だ。ただ耳が長いか、短いかだけの話。自分の一族が王座を奪われたなどと考えたことはなかった。

ただ、ユウリにもうさぎとしての王家の血は流れている。

その血が、ユウリの背筋を伸ばしていた。

「――アッティーカ王国へ行ってくれるか」

国王が顔を伏せ、頭を下げる。

ユウリの父でさえこちらを見なかった。

静まり返った玉座の間で、ユウリも言葉を発することを忘れて呆然《ぼうぜん》と国王の頭上の王冠を見つめていた。


「ふわ〜〜……ぁあ……」

玉座の上で片膝を立てて大きく伸びをした男は、大きく胸元をはだけ、浅黒い肌を晒《さら》している。

ユウリが王の間に通されてから、まだ太陽は微塵《みじん》も動いていない。それなのに、もう何度目の欠伸《あくび》だろう。

「――悪い悪い、昨日寝てなくて。えーと……それで、そのうさぎちゃんがどうしたって？」

金色の長い髪を乱雑にかき上げて身を乗り出し、目を眇《すが》めて不躾な視線を向けてくる――この男がイド、なのだろうか。

玉座には大臣や貴族、側近などではなくメスのライオンを侍《はべ》らせてまるで我が物のようにその肌を撫でている。

「このうさぎが、クローヴァ王国より遣《つか》わされたユウリ・ハインドマンです。事態が収束するまではこの者に滞在してもらい……」

「ああ、例の人質か」

どっと音をたてて玉座の背凭《せもた》れに身を預けたイドが、あっけらかんと言い放つ。

ユウリは思わず自分の耳が震えてしまわないように拳を握りしめて、恭《うやうや》しく頭を下げた。

「――お初にお目にかかります。クローヴァ王国のハインドマン家嫡嗣、ユウリと申し――」

「居住はどうなってる」

もう一度、欠伸が漏れた。

いかにも退屈そうな素振りだ。ユウリが彼の生活を脅《おびや》かさない限りはどうでもいいんだろう。

ユウリだって、それで構わない。ライオンに気に入られたいなんて思ってここまで来たわけじゃないのだから。

「東の寝所を使わせようかと」

「そうか」

事態が落ち着くまでは、その東の部屋でおとなしくしていればいいということか。

この様子ならばこのライオンの王はユウリに特に興味もないようだ。このまま何事もなく――クローヴァ王国が無事なままことが済むのを待てばいいだけだ。

小さく息を吐いて、ここまで案内したライオンを見る。

彼はイドよりもさらに大きな体をしている年長者のようだが、イドにひどく忠誠を誓っているようだ。広間には他にも中年の大臣たちが腰かけているが、イドの前で膝をついているのは案内係の男だけだ。

「では」

癖の強い長い髪を床につけるようにして頭を下げた案内係がこの場を切り上げようとした時。

イドがふとユウリを窺《うかが》って、笑った。

「ああ。ウチのライオンどもに丸呑《の》みされちまわないように気を付けろよ、うさぎちゃん」

片手に豊満な体つきのメスを抱いたイドが、長い金色のまつ毛を片方伏せる。

広間にいる大臣の誰かが屈託《くったく》ない笑い声を漏らした。

ユウリは背後の尻尾《しっぽ》が強張るのを感じながら、努めて平静を装ってイドを見返した。

「お言葉ですが、私は正式にクローヴァ王国より使者としてこちらに伺っています。私の身に危害を加えるような方がいらっしゃれば国際問題となりましょう。それをご理解いただけているのなら警護を――」

「国際問題？」

誰が発した言葉かわからない。

揶揄《やゆ》するような声音《こわね》に振り返った瞬間、広間がライオンたちの大きな笑い声に包まれてユウリは思わず耳を塞ぎたくなった。

「うさぎが一匹どうこうなったところでそんな大問題になりますかね」

「っ、私はクローヴァの要人としてこちらに滞在しているつもりです。万が一のことがあればクローヴァ王国は黙っていないでしょう」

しゃがれた声の老ライオンに嚙《か》みつくように返した声も、笑い声に搔《か》き消されそうになる。

「クローヴァ王国が黙っていないとして、それで？　うさぎ風情《ふぜい》に何ができるんだ」

笑った大臣の大きく開いた口の中に、鋭い牙《きば》が覗いた。

思わず、耳の毛が逆立《さかだ》つ。

「クローヴァ王国はうさぎと人間の国です。それに、私はうさぎの王族の血を引く者。うさぎ風情、などという言葉を看過することはできません。撤回してください」

心臓がうるさく跳ね回って、胸を突き破って飛び出してきそうだ。

握りしめた拳が震えているのが怒りのせいかライオンを恐れているせいなのか、わからない。

こんな侮辱《ぶじょく》を受けることは想定していた。しかし、国に到着していきなりこんな不躾な言葉を投げかけられるとは思っていなかった。ユウリが想像していた以上にライオンは野蛮な種族だということなのか。

「ああ、悪い悪い。ウチのは口と頭が悪いんだ」

伸びやかな声で言って、イドが玉座でひらりと手を振る。

国王の軽口に、大臣たちがまた笑い声をあげる。まるで気の置けない友人同士のやり取りのような気軽さだ。クローヴァ王国の玉座の間ではこんな雰囲気はあり得ない。笑い声を聞くことすら珍しいくらい静謐《せいひつ》な場所なのに。

「あんたのことはしっかり客人として扱うことにするよ。そのつもりがなきゃ、わざわざこんな面倒なことをした意味がないからな」

イドが続けざまに広間の大臣たちにわかったかと声をかける。大臣たちはやれやれといった様子で顔を見合わせて首を竦めた。

まるで、ならず者の集まりだ。

ユウリはわざと大袈裟《おおげさ》に呆《あき》れたようなため息を吐《つ》いて、腕を組んだ。

相手がならず者ならば、こちらも旧王族の人間としてかしこまった態度をしている必要はない。腕を組んで胸を張るのが、ユウリにとっては精一杯の虚勢だった。

「もし僕に危害を加えるようなことがあれば、アッティーカ王国との約束事はすべて破棄だ」

礼儀を知らない相手に礼を尽くす必要もない。

ユウリがつんと顎《あご》を上げて大袈裟に不遜《ふそん》な態度を取ってみせると、さすがに大臣たちの眉がぴくりと跳ねあがったのがわかった。それ以上に、イドに従属するかのような態度を見せていた案内人が色めき立ったように見える。

「貴様、イド様がせっかく――」

喉を低く鳴らして案内人が何事か言いかけたのを、制する手があった。イドだ。玉座の上で身を乗り出して、金色の目を細めたイドがにやりと笑う。

「約束を破棄したら、困るのはあんたたちだと思うが？」

さっきまでとは打って変わって静かな声で囁《ささや》いたイドが、傍《かたわ》らのメスをとんと突き放して長い脚《あし》を組む。

「俺たちのナリを見て勘違いしているのかもしれないが、あんたらにはずいぶんと紳士的な振る舞いをしてやってるんだぜ？　それともライオンに襲われるかハイエナに襲われるか選ばせてやったほうが良かったのか？」

ハイエナの名を出した瞬間、イドの眉が忌々《いまいま》しげに歪《ゆが》んだ。

ハイエナとライオンは長い間戦いを続けてきた歴史がある。

アッティーカ王国が最強の戦士国家だと言われてきたのは、ハイエナが国を持たない流浪者の集まりでしかないからだ——と、言われている。

個々でぶつかり合えば力は互角、しかしライオンはいざとなれば国民全員がクローヴァ騎士団並みの戦闘力を持つと言われている。その大きな軍隊に襲われればハイエナといえどひとたまりもない。

——しかし近年、そのハイエナが一頭の首領のもとに集い始めているのだという。

このままだとハイエナが建国しかねない。

事態を重く見たライオンたちは、その首領のねぐらを突き止めた。本来特定のねぐらを決めないハイエナたちが集まっている場所——それが、クローヴァ王国を囲んでいる森の中にあるというのだ。

ユウリはそのことをあの晩、城に招かれるまで詳しくは知らなかった。

ただ、最近森にハイエナの姿をよく見かけるようになったと言って騎士団が殺気立っていたのは知っている。アッティーカ王国の使者が言うことを疑う余地はない。

ただ、ハイエナの首領を叩《たた》くためにクローヴァ王国の至近に基地を構えたいという申し出を聞いた時は耳を疑った。

うさぎや人間にとって、ライオンとハイエナは同じくらい危険な種族だ。

クローヴァ王国の場所はライオンたちにとって暮らしやすい地とは言えないからこそ今まで見過ごされてきたが——ハイエナの首領を含む一団を鎮圧した後、ライオンの軍隊がクローヴァ王国を侵略しないとは言い切れない。

ライオンはうさぎや人間を食べることだってできるのだから。

「もう一度聞いてやってもいいぜ。ハイエナとライオン、どっちに食われたい？」

宝石が埋め込まれた絢爛《けんらん》な玉座にゆったりと身を預けたイドが、低く、不気味なほど優しい声で言う。

——そうだ。

アッティーカ王国の申し出を断ればハイエナの脅威に晒され、ハイエナを森から退けさせるためにはアッティーカ王国の軍隊を受け入れるしかない。

だから、人質を交換することにクローヴァ国王は同意した。それ以外に選択肢はなかった。

アッティーカ王国からはうさぎの国にぴったりだろうという理由で、真っ白な毛並みのオスライオンを。彼は芸術品としても使えるぞと言われても少しも反抗的な様子を見せないおとなしい青年だった。

クローヴァ王国からは、旧王族の血を引くユウリ。

まるで人身御供《ひとみごくう》だと母は泣いたが、ユウリは王座を人間に譲った後もこうして国のために尽くすことができるのはこの血筋のおかげだと言う父の言葉に肯《うなず》いた。

だから。

「――どちらにも食われる気はない」

ユウリは正面からイドを見据えて、はっきりと言い放った。

いくらイドが屈強なライオンたちを束ねる王だといっても、ユウリだって誇り高い血を引いているのだから。

＊　　＊　　＊

「はぁ……」

窓から乾いた風が吹き込んでくる。

ここに来た当初は暑い国だと思ったものだけれど、アッティーカで織られた服を着て石造りの宮殿内でじっとしていればそれほどでもない。

この国で過ごすようになって、いったい何度の夜を過ごしただろうか。

与えられた部屋はすべての調度品がライオンの大きさに合わせて造られていて不便もあるけれど、クローヴァ国内では一番の大きさを誇っていた屋敷の自室よりもずっと広い。

扉を開ければライオンが行き交っていると思うと部屋から出ようという気になれないが、じっと引きこもっていても窮屈さとは無縁な部屋だ。

大きな窓を開けば——開けるのに難儀するけれど——こうして新鮮な風も吹き込んでくるし、時折はるか上空をとりが飛んでいる姿を見かけると、クローヴァ王国の空にも繋《つな》がっているのだと感じることができる。

家族はどうしているだろうか。

父は大臣職でなければ自分が人質に名乗り出てもいいと言ってくれていたくらいだから、本当にこの役割を誇りあるものだと思っているのだろう。

ユウリが迎えの輿に乗り込む前に、父はクローヴァ王国でなるべく早い事態の解決を目指すと強く約束してくれた。自分が父の役に立てる、これは初めての仕事だと胸がいっぱいになったことを、まるで昨日のことのように思い出す。

ただ心配なのは、おそらく憔悴しているであろう母と、突然旅に出てしまった——と思っているだろう——兄を、妹が恋しがっていないかということだけだ。

今年の果実祭を一緒に見て回ると約束していたのに。

「……はぁ」

何度目かのため息を吐いて、ユウリは窓枠に頬杖《ほおづえ》をついた。

とはいえ、人質とはこうも退屈なものだろうか。

人質の交換をしたことでアッティーカ軍の抑止力になるのだと国王も言っていたけれど、そんなのはライオンの嫌味だとしか思えない。きっとクローヴァ王国の誰もがそう思っていたはずだ。

うさぎがアッティーカ王国に滞在して、なんの抑止力になるというのか。

それなのに人質の「交換を」と提案したのはライオンのほうだ。

慇懃《いんぎん》無礼なのか、クローヴァ王国に送ったライオンの身に何かあれば容赦《ようしゃ》はしないぞという脅《おど》しのつもりなのか――あるいは、ユウリを非常食にとでも思っているのだろうか。

もし明日食われる身だったとしても、今日やることがないことには変わりない。

部屋でただぼうっとしているだけではクローヴァ近くの森に滞在している軍の状況も、ハイエナとの戦いの状況も何もわからないのだから、すべきこともない。

――自分は本当に国へ帰れるのだろうか。

自分が人質になったことには、意味があるのか。

考え始めると心がざわざわと暗くなっていくようで、ユウリは慌てて首を振った。

「悪いことを考えてたらきりがないな」

自分の目に見える範囲で、悪化していると感じる要素はないのだから無駄に悪い想像を巡らせても仕方がない。

気分転換に耳の毛づくろいでもしようかと窓から離れてチェストに向かおうとした、その時。

「お」

扉の開く音とともに、ふわりと甘い香りが漂ってきた。

振り返ると、そこには――

「よう、うさぎちゃん」

金色の髪を揺らした、イドが立っていた。

「……客の滞在している部屋を訪ねる時はノックをするべきでは？」

「悪い悪い」

大きく口を開けて悪びれもなく笑ったイドは扉を適当にノックしながら、足音もなくするりと部屋の中に入ってきた。扉を閉める前に外の廊下の様子を窺って――まるで身を隠すように。

「何か御用でしょうか」

チェストに向かいかけていた足を止めて、イドに向き直る。

これまで、ユウリの滞在している部屋を訪ねてきたのは最初に案内してくれた男だけだ。それも食事を持ってくるだけで、特に言葉を交わすこともない。

それこそ、食用の家畜かなにかにするように――そんな自嘲《じちょう》が、にわかに現実味を帯びてきた気がしてユウリは無意識に後退していた。

壁を背にして、イドと距離を取る。

とはいえ、ライオンにしてみたらこの程度の距離は数歩で詰めてしまえるものなのだろう。

うさぎは逃げ足の速さで種《しゅ》を残してきたと言われるけれど、身を隠すような場所もない室内ではどうにもならない。

「そんな警戒しなくても取って食ったりしねえよ」

息を詰めていたユウリに対して、イドは手をひらりと振ると大きくひとつ、伸びをした。

この部屋の天井はユウリには高すぎると感じていたけれど、イドが両腕を頭上にあげるとちょうどいいくらいだ。

「ちょっと休憩しに来ただけだ」

「休憩？　ここで？」

ユウリが思わず顔を顰《しか》めると、息を吐き出すように笑ったイドが大股でベッドに歩み寄って、腰掛ける。

ユウリがいくら寝転んでも沈みもしないベッドが、軋《きし》む音をたてた。

「ここは俺の宮殿だ、どこで休憩したって自由だろ」

「今は僕に貸し出されている部屋だと思いますが」

「だからノックしただろうが」

身を滑り込ませた後だけど。

ユウリが呆れて口を噤《つぐ》むと、イドはそのままベッドに横になった。

自分が休んでいるベッドにライオンのにおいがつくなんて耐えがたいことだが——それも、イドの宮殿のものなのだから文句は言えない。

「……そんな嫌そうな顔すんなって」

こちらをちらりとも窺わずに、イドが唸るような声を漏らす。

一瞬で眠ってしまったイドの寝言でも聞かされているのだろうか、と感じるほど気の抜けた声だった。

「まさかここに俺がいるとは思わないだろ、誰も。ちょっと匿《かくま》ってくれたっていいだろう」

寝返りを打ったイドがこちらを向く。

窓から差した陽の光が金色の目に反射して、ユウリを射貫《いぬ》くようだ。

一国の王が昼日中から来客用のベッドで寝転んでいるだけなのに、妙な迫力を感じてユウリはますます壁に身を寄せた。

「匿う？　それこそ、この宮殿の主《あるじ》はあなたでしょう。いったい何から逃げてるんですか」

イドの気配に圧《お》されまいとしてユウリが強く言い返すと、短い笑い声が返ってきた。

「ハーレムのメスたちが俺のことで揉《も》めてんだ。どんな権力者でもメスに弱いのはどこも一緒だろ？」

「は」

呆れた。

喉まで出かかった言葉を飲み込んで、ユウリは眉を顰めた。

「周りに連れていたたくさんのメスたちのことですか？」

「ああ。ライオンの群れじゃ、ハーレムが大きいほどオスの強さを証明できる」

ユウリが気の抜けた声を漏らすと、肘《ひじ》をついて横臥《おうが》したイドの頭上の短い丸耳がぴくぴくと震えた。

呆れているのが伝わってしまっただろうか。まあ、構わないけれど。

「ま、気性の荒いメスばっかりだから面倒だけどな」

「面倒なら相手にしなければいいのに」

ライオンは強い種族だし、たくさん子供を産まなければいけないというわけでもないだろう。

確かにイドはちょっと鼻につくくらい迫力のある美形だし、メスが惹《ひ》かれるのもわかる気はする。

たくさんのライオンを知っているわけではないけれど他のライオンに比べて明るい金色の髪はきらきらと輝いているし、大きく開いたシャツからは浅黒い肌と引き締まった体が惜しげもなく晒されている。

若い王なんて、それだけでメスの気を引くのは当然だ。

だけど、それを全部受け入れる必要はない。強さの証明ならば玉座だけで十分じゃないのか。

「面倒だとは言ってない。まあ、装飾品みたいなもんだ。玉座にきれいな宝石を埋め込むのと同じ、きれいなメスを連れていればオスとしての箔《はく》がつく」

「メスは装飾品じゃない」

「嫌がってるのを無理やりハーレムに入れたわけじゃねえんだ、ライオンのメスは強いオスのハーレムに入ることを望んでる」

理解できない。

相槌《あいづち》を打つのもためらわれて、ユウリは視線を逸らした。窓際に置いたままの椅子に腕を伸ばして引き寄せると、腰を下ろす。

「俺は、俺のハーレムに入ったメスを絶対に後悔させない。満足な生活を与えるし、毎日笑って暮らせるようにしてる。それも王の務めだ。うさぎは違うのか？」

「他のうさぎは知りませんけど」

母国に思いを巡らせると、中には複数のメスと交際しているうさぎだっていないことはない。それは賞賛される文化ではないけれど。

「――少なくとも僕は、心に決めた相手とだけ添い遂《と》げたい」

「へえ」

笑われるかと思ったけれど、イドは意外そうに目を大きく瞬《またた》かせてベッドの上体を起こした。

身を乗り出して、ユウリを興味深そうに見てくる。相変わらず不躾な視線だけれど、取って食われそうな殺意は感じない。

「あんただってメスにモテるだろうに」

「は？」

思わず素《す》っ頓狂《とんきょう》な声を漏らしてしまって、ユウリは慌てて口を塞いだ。

イドがその仕草に破顔する。

「別に来賓だからって畏《かしこ》まんなくたっていい。いつまでこの国にいるかわからないのに、カチコチになってちゃ疲れんだろ」

屈託なく笑いながらベッドの下に長い脚を下ろしてこちらに向き直ったイドは、肩の力が抜けている。

王と人質、という間柄を感じさせないくらい砕けた様子だ。

「……僕がモテるわけないでしょう」

「あんたそれ、本気で言ってんのか？」

イドが訝《いぶか》しむような声をあげると、そんな顔をしたいのはこっちのほうだと言いたくなる。

指先で顎を撫でたイドがユウリの足から長い耳の先まで視線を走らせると、大きく首を傾《かし》げた。

「うさぎの好みってのはわかんねえな……あんたがメスに好かれないなら、どんなのがモテるんだ？」

「さあ。僕はメスからしてみたら隣に並びたくないと言われてるくらいです」

社交場でダンスの相手がいないユウリの気持ちなんてイドにはわからないだろう。やや自棄《やけ》になってユウリがぷいとそっぽを向くと、一瞬の間の後でイドの大きな笑い声が響いてきた。

「な……なんですか」

イドは腹をかかえて足をばたつかせんばかりに——文字通り笑い転げている。

何がそんなにおかしいのかわからないけれど、そんな笑い声がこの部屋に響いているなんて、なんだか変な気分だ。

「いや……そりゃメスが正しいなって」

まだ笑い足りないのか、ひーひーと苦し気に笑い声を漏らしながらイドが目尻の涙を拭う。

「僕が人気がないのが泣くほど面白いですか」

むっとしてユウリが口をへの字に曲げるとイドが大きく手を振りながらベッドを立ち上がった。

「違う違う。あんたと並んだらたいていのメスが霞《かす》んじまうだろうって意味だ」

「は……？」

うさぎを知りもしないくせに。

眉を吊《つ》り上げたままのユウリにイドが歩み寄ってくる。その大きさに自然と首が上向いた。

やはりイドは大きい。でも、部屋に入ってきた時ほどの緊張は感じなかった。

「最初見た時、メスを寄越したのか？　って思ったくらいだしな」

イドはユウリの前で足を止めると身を屈《かが》めて顔を覗き込んできた。

近くで観察されている、と思うと緊張はするけれど、同時にユウリもイドの顔を初めてこんなに近くで見ることができている。

手を伸ばしたら届くほどの距離でライオンを見るなんてなかなかない経験だ。

「まあ、小さい頃はよくメスに間違われましたけど」

女顔ということなんだろう。

一度、貴族のうさぎに大きくなったら嫁に来てくれと言われたことがあってそれ以来父がユウリの外出時には使用人を付き添わせようと騒いだことがあるくらいだ。

「ふーん」

さっきまで王の威厳も感じさせないほど笑い転げていたかと思えば、ふと真顔になって覗き込んできたイドが、筋肉質な腕を伸ばしてユウリの耳に触れる。

「っ、」

長い耳の先端を指先でつつかれて、思わず首を竦めてユウリは頭を振った。

「ああ、悪い悪い。初めてうさぎをこんな近くで見たからな、きれいな耳だと思って」

長い耳と純白の毛並みは、ユウリの誇りだ。

クローヴァ王国にうさぎはたくさんいるけれど、ここまで純白の毛並みなのは旧王族の証だ。それを褒められたら、悪い気はしない。

「ライオンがうさぎを食うっていっても、食うことができるってだけだ。好き好んで食いたいと思ってるわけじゃない。ハイエナどもと違ってな」

だから安心しろというように、耳をつついたイドの手がユウリの髪を撫でる。

まるで子供にでもするように。ユウリはそれをやんわりと押し返しながら、身を屈めたままのイドを仰いだ。

「でも、殺すことは簡単でしょう」

「そりゃ、まあね。でもそれはあんたがうさぎじゃなくても同じだ。俺は同族だって殺せる」

まただ。

イドはだらしのない王のように見えて、ふとした瞬間に息が詰まるような強さを覗かせる。

その声音は背筋が震えるほど優しくて、魂《たましい》そのものをざらついた舌で舐められるかのようにおそろしい。

「俺は、強いから王になったんだ」

「つまり……前の王を殺して、玉座を奪ったということですか」

ライオンは王族というものがないと聞いたことがある。

クローヴァ王国では建国時に話し合った際に人間が統治するということが決められて以来、人間の数が少ないこともあって自然と世襲制になっている。

この国は世襲制ではなく、実力で奪い取るものなのか。

「怖いか？」

低く柔らかな声で囁きながら、イドが指の背でユウリの頬を撫でた。

わざと怖がらせようとしているのだろうか。双眸《そうぼう》を細めたイドの唇がさっきまでと違う薄い笑みに彩《いろど》られると、ユウリはむっとして頬の手を払いのけた。

「ライオンの中に放り込まれて怖くないうさぎなんていません」

「あはは！　そりゃそうだ」

ユウリに払われた大きな手を擡《もた》げてイドがあげた笑い声にさえ、肩が震えてしまいそうになる。

自分が殺されることなどないと確信していたって、体が本能的に強張ってしまう。刃物を首に突き付けられているも同じだ。

「僕にもしものことがあれば、クローヴァ王国に滞在しているライオンの人質だってただでは済まないんだからな」

ユウリはただ脅かされるためだけにここへ来たわけじゃない。

クローヴァとアッティーカは同等だと、証明するためにここにいる。

ことが終わるまでの担保として、お互い人質を差し出したのだから――。

「ああ、あいつか」

しかし、イドの反応は意外なものだった。

首を竦めて、申し訳なさそうな顔さえしている。

「あいつは体《てい》よく追い払われただけだ」

「は」

クローヴァ城で一目だけ見た、白い毛並みのライオン。

彼は希少種だから人質に相応《ふさわ》しいと言われていたはずだけれど。

「白いライオンは生まれつき体が弱いんだ。力もないし、軍隊には向いてない。……といってもまあ、うさぎよりは強いかもしれないがハイエナと戦争をするには足手まといだからな」

「……！」

無意識に体がぶるっと震えた。

国にとって役に立たない人質を送り込んで、万が一があっても構わない――アッティーカがそのつもりなら、ユウリの命だって保証する必要はない。

ユウリの脳裏《のうり》にライオンに攻め込まれるクローヴァ王国の姿が過《よ》ぎって、思わず目を瞑《つむ》った。

「そんな顔すんなって」

もう一度、イドの手がユウリの髪に触れると今度は露骨に体が大きく跳ねて身を竦めてしまう。

ユウリが赤い目を瞠《みは》ると、所在なく手を引っ込めたイドがばつの悪そうな顔で口端を下げていた。

「別にあんたらの国をどうこうしようとは思ってない。白いライオンを人質にしたのも、ウチの戦力を削《そ》がないためだ」

首の後ろを掻いて困ったように眉尻を大きく下げたイドが、嘘《うそ》をついているようには見えない。

だけど、どうしてそんな困った顔をする必要があるのかはわからない。

うさぎがライオンを怖がるのは当たり前だ。

怖がらせて悪いと思う必要もない。

「あんな森の中にある小さい国に正直興味もないし」

「！　興味もないとはなんだ！」

思わず椅子の脚を鳴らしてユウリが身を乗り出すと、今度はイドが目を瞠る番だった。

「クローヴァ王国は静かで穏やかで、素晴らしい国だ。緑は豊かだし花は季節ごとに色とりどりに国を彩るし」

吹き抜けていく風の心地良さ。畑仕事に精を出す温厚な国民や、種族の区別を感じさせない立派な王族。

　クローヴァ王国の素晴らしさを挙げればきりがない。

　ユウリは多くの国を知っているわけではないけれど、空の住人であるとりたちからも愛されている国だ。

「この時期は盛大に果実祭が開かれて、国中の見事な果実が販売されたり、近隣諸国からも珍しいものが持ち込まれたりするんだ」

「へえ」

　イドが顎先を撫でながら興味深そうに聞いてくれると、ユウリは勢いづいて耳をぴんと立てた。

「昨年は国で採れた一番立派なかぼちゃが投票で決められて城に納められたんだが、陛下が国民に振る舞ってくれて――」

　あのかぼちゃの甘さを思い出すと今でも頬がほころんでしまう。母が温かいスープにしてくれて、妹も喜んでおかわりしていた。

　それに、祭りで買う乾燥果実も美味しいし、うさぎたちは一年を通じて果実祭のために催しを考えて、楽しみにしているくらいだ。

「……今年も行きたかったか？」

　夢中になって話していたユウリがハッと我に返ると、壁に凭れるように立って黙って聞いていたイドが微笑《ほほえ》んでいた。

まるで子供のようにまくし立ててしまったことが恥ずかしくて、ユウリは熱くなった顔をぎこちなく振る。

「果実祭は来年もある」

「ハイエナ討伐《とうばつ》が一年で済むとも限らないけどな」

「……」

すっと顔の熱が冷えた。

このライオンは本当に、ああ言えばこう言う奴だ。

「あなた、ここに何しに来たんでしたっけ？」

「ん？　メスたちから匿ってもらうためだ」

イドの答えを聞かずに椅子を立ち上がる。ユウリは開け放ったままの窓から身を乗り出して大きく息を吸った。

「ハーレムの皆さん、ここにあなた方の――……！」

「ばか！」

声を張りあげたユウリの口をイドが後ろから慌てて塞ぐ。

一瞬でもイドがぎょっとした素振りを見せたのが面白くて、ユウリは精一杯不敵に笑って背後を振り仰いだ。

「悪かった、悪かったって。一年で終わるように努力するよ」

おどけたように言ったイドも、別に本気で困っているわけじゃないんだろう。

悪かったと言うその言葉だって、持てる者の余裕にしか感じられない。

だけど、ユウリを嘲笑《あざわら》ってばかりいた大臣ライオンたちに比べたらイドは憎めない相手のような気がした。

ライオンのにおいは相変わらず怖いけど。

「……いつまで口を塞いでるんですか」

噛みますよ、と緩く覆われた掌《てのひら》の下でユウリがむっとした声をあげると、イドはユウリの長い耳に鼻先を埋めていた。

「ちょっと、何を……！」

「うさぎってこんなにおいがするんだな」

「はぁ？」

イドの手を摑んで無理やり引き剝《は》がすものの、背後から回された太い腕は肩を抱いたままだ。

ユウリだって年頃のうさぎとして驚くほど華奢《きゃしゃ》というわけじゃないのに——逞《たく》しいと言われたこともないけれど——ライオンの腕の中にはこんなに簡単に収まってしまうものなのか。

本当ならさっきのように体を強張らせるべき状態のはずなのに——イドの腕の中が温かくて、不思議とおそろしくない。

ライオンがうさぎを殺すなんて簡単だ。だけど、この腕はうさぎを傷付ける凶器でもなんでもない。あたたかな体温のある、同じ生きているものだ。

「なんか、ライオンより甘いにおいがするな」

口元から剝がされた手でユウリの髪をつまんではそこへも鼻先を近付けて、イドが低い声でつぶやく。

耳のそばでそんな風に話されるとなんだか妙に背筋がぞわぞわとして、ユウリは首を竦めた。決して怖いわけではないけれど。

「さあ、うさぎは果実を食べているからじゃないですか」

確かにライオンとうさぎのにおいは違う。

ユウリを捕まえているイドの腕は——太陽のにおいがする。

「ああ、そうかもな。それにしても細いな。それに、なんかこう……やわらかい」

「っ、ちょっと変なところ触らないでください！」

髪を撫でた後の掌が脇腹に降りてくると、くすぐったいような怖いような変な気分がしてユウリはイドの腕を叩いた。いくら叩いたところでびくともしないけれど、本気で逃げ出そうと思えば抜け出せるほど緩い力しかこめられていない。

イドがその気になれば、ユウリなんて一瞬で締め上げられそうなものだけれど。

「暴れるな、うさぎなんて触るの初めてなんだから……うわ、軽いな」

「ちょっと……！　いい加減に」

おっかなびっくりという手つきで、しかし軽々と体を抱き上げられてユウリは目を丸くして思わずイドの肩にしがみついた。

うっかり落とされでもしたらたまらない。

いくらライオンが大きいといっても落とされたくらいで死ぬほどの巨体ではないけれど、痛い思いをするのは御免だ。

身を反転させるとしがみついたイドの顔が、間近にある。

「――……っ」

透き通るような金色の目に、焦げたような浅黒い肌。

大きな口の中には鋭い牙が覗いていて、おそろしいほど美しい顔だ。

「きれいな眼してるな」

一瞬、自分の心を見透かされたのかと思ってぎくりとした。

しかしイドはまじまじとユウリの赤い目を覗き込んでいる。

「え、ええ……うさぎの中でも純白の毛と赤い目は旧王族の血縁者にしか現れるものではなく、特に僕は――」

昔からよく褒められるんだ、と続けようとした時、目の前のイドの顔がさらに近付いてきた。

「！」

大きな口が開いて、あっと声をあげる間もなく、頬をべろりと舐められた。

「……!!」

ざらついた舌。

何が起こったのか理解できずにユウリが言葉を失っている傍らで、イドは口をもぐもぐと動かして首を傾げている。

「やっぱ別に美味いわけじゃないな」

美味かったらどうするつもりだったんだ、と非難する声をあげることもできない。

頬はまだ生温かくて、イドの顔は相変わらず間近にある。

何か言い返そうとするものの、いくらぱくぱくと口を開いてもなんの言葉も出てこない。そうしているうちに、イドが頬をすり寄せてきた。

「っ！」

抱き上げられたユウリの首筋にイドの丸い耳がこすりつけられると金色の髪がくすぐったくて、思わず身動《みじろ》ぐ。

イドはユウリを落とすまいとするように抱き直しながらもう一度、舌を伸ばしてきた。

「ちょ……待っ、なんで舐め――……っ」

美味しくないと言ったはずなのに。

避けようとしても、抱き上げられたままではむやみに暴れることもできない。

ユウリは足をばたつかせながらイドの胸を押しやろうとしたけれど、抵抗も空《むな》しく顎先をべろりと舐められた。

「美味くはない、が……なんか美味そうなにおいはする」

「だから、それはうさぎが果実を食べてるからで……っ」

舌で舐めたユウリの輪郭をもう一度確かめるように鼻先を寄せられるとくすぐったくて、ユウリはイドの胸を叩いて抗議をした。

「早く降ろさないと、またハーレムの人を呼びますから……っ！」

「そりゃ困る」

そう言いながら、イドは笑っている。

その振動が、抱き上げられた腕から、密着した体から伝わってきた。

「ちょっ……もう、本当に、やめ……っ！」

ユウリが暴れるせいだろうか。抱き上げたイドの手が体をまさぐるように背筋を這《は》いあがってきて——

「んっ、ぅ……！」

不意に鼻から甘えたような声が漏れて、ユウリは息を詰まらせた。

はっとして頭上の顔を仰ぐと、さっきまで少しもじっとしていなかった手を止めたイドが驚いたように目を瞬かせている。

一瞬遅れて、かっと顔が熱くなってきた。

「っ、は……早く降ろしてくれないから——！」

降ろしてくれないせいで、変な声が出てしまった。

自分でも驚いて頭が混乱している。

あんな声、出したことがない。自分の声とは思えなかった。

まるで——発情した、メスみたいな。

「ふーん……」

いつまで経《た》っても解放されない腕の中で体を小さく丸めたユウリの顔を覗き込んで、イドが再び低く喉を鳴らす。

「そういう意味の『食う』ってのもアリか」

「っ、あ……アリなわけ、ないだろ！　僕はオスだぞ！」

思わず裏返った声をあげてしまったけれど、どうせ戯言《ざれごと》に決まっている。

冗談を真に受けたわけではないけれどべろべろと肌を舐められた後でこんな吐息《といき》がかかるような距離で言われたら、誰だって動揺する。

だいたいライオンとうさぎがそんなことになるはずがないし。イドはハーレムにも困っているわけじゃないのに。

「ナシでもないだろ、オス同士の番《つがい》だっていないわけじゃない」

クローヴァにはいないのかと言われれば、いないこともない。

ユウリは普段、彼らのことを好ましいとも嫌だとも感じたことはなかったし、どこにでもいる睦《むつ》まじい夫婦の形としか思っていなかった。

でも、自分のこととなったら話は別だ。

そもそもメスともそんなことを考えたことがないのに。

「……！」

混乱して言葉を失ったユウリがおそるおそるイドの顔を窺うと、意地悪な表情を浮かべたライオンは双眸を細めて笑っていた。

「俺とそうなったら人質どころか、この国でデカい顔できるぜ？」

くだらない、戯言だ。

イドのからかうような表情が何よりもそれを物語っている。

――だけど、彼の言う通り。

ユウリに人質としての命の保障が他にないとしたら……。

＊　　＊　　＊

「よう、うさぎちゃん」

穏やかな昼下がり。

ライオンのオスは昼食をとった後、昼寝をするのが常らしく、宮殿内も一時静寂に包まれる時間帯がある。

その静けさを縫うようにしてイドが訪ねてくるのがいつものことになりつつあった。

「また来たんですか……」

大袈裟に呆れてみせはするものの、もう慣れたものだ。

イドはユウリの部屋で昼寝をしていくこともあれば他愛のない話をしていくこともあるけれど、基本的にはそれだけ。

ユウリに貸し出されているはずのベッドでイドが昼寝を始めてしまっても黙って本を読んでいるし、とりとめのない会話に付き合うことも苦じゃない。

なにしろ、人質であるユウリはイド以外のライオンと接することもない。相変わらず例の案内係は淡々と食事を運んでくるだけだし。

つまり、退屈していたのだ。

イドが部屋を訪ねてきている間はユウリの身の安全も保障されているようなものだし、悪いことは何もない。

「俺がこんなところにいるなんて、誰も気付いてないみたいでさ」

我が物顔で――と言えばここは俺の宮殿なんだからと言われるだろうけれど――くつろぐイドも、ハーレムのメス同士の諍《いさか》いから逃れられていいこと尽くしのようだ。

うさぎのオスであるユウリを番に、なんて冗談もとっくに忘れられている。それもユウリが安堵《あんど》している点だった。たちの悪い冗談をいつまでも引きずるような男じゃなくて良かった。

「そんなに逃げてばかりでいいんですか」

「俺がいるほうが面倒なんだと。むしろどこかに行っていろと怒られた」

「誰に」

一国の王にそんなことを言う人物がいるのか。

ユウリが驚いて尋ねると、シム、と短い返事が返ってきた。

シムというのは案内係の男の名前だ。どうやら国王の側近のような存在らしい。アッティーカ王国の体制がどうなっているのかは知らないけれど、イドが右腕だと自慢げに言うのだから相当な権力と実力を兼ね備えた人物なのだろう。

「シムさんに面倒ごとを任せて、あなたは昼寝ですか」

「部屋に戻った時は執務もあらかた片付いてるしな」

「あなたって人は……本当に国王ですか」

あっはっはと屈託なく笑い声をあげたイドが、今日はベッドに向かわずにユウリの前へ椅子を引いてくる。

今日は昼寝をしない日のようだ。

ユウリは開いていた本を閉じて、イドの顔を仰いだ。

「これ、うさぎちゃんにお土産《みやげ》だ」

「そのうさぎちゃんっていうのやめてくれませんか」

じとりと睨みつけても、イドは悪い悪いと大して悪びれなく笑うだけだ。

　仕方なく差し出されたものに視線を落とすと、それはイドの大きな掌でも余るほどの大きな——何かの実のようだ。薄い茶色の皮に覆われていて、へたの部分はまだ真新しく、今しがた採ってきたことを物語っている。

「……これは？」

「アッティーカで採れる木の実だそうだ」

「だそうだ、って……」

　ほら、と促されるように木の実を乗せた手を揺らされて、ユウリは両手でその土産を受け取った。くん、と鼻を鳴らすと少し甘い香りがする。

「見たことのない実です」

　受け取った実は意外なほどずっしりと重くて、中身が詰まっていることを感じさせる。

「俺も食ってみたことはない。でもまあ、食えるだろ」

「ええ……」

　思わず苦い顔を浮かべたユウリを、イドが愉快そうに体を揺すって笑う。

　窓から差し込む陽の光が金色の髪に反射して、ただでさえ存在感のある大きな体が眩《まばゆ》いくらいだ。

「上空を飛んでるとりのお墨付きだから安心して食え。美味いらしいぞ」

　そうか、ライオンは草や果実を食べないから味は確かめようがないのか。

果実祭に持ち込まれるものは多種にわたるけれど、アッティーカ王国からの商品は確かに見たことがない。ライオンが食べなければ商品にはしないだろうし、この大きさと重さではとりも運ぶのは難しいだろう。

「……わざわざ採ってきてくれたんですか？」

自分では食べることのない木の実を。

ちらりとイドの顔を窺い見る。長さを持て余すように椅子の上で脚を組んだイドは、鼻を鳴らすようにして笑った。

「今年の果実祭はそれで我慢しろ」

「……！」

果実祭を妹と見て回ることは叶《かな》わなかったけれど、食べたことのない実を食べたんだと話したら妹はきっと羨《うらや》ましがるだろう。その表情を想像すると、ユウリの心が明るく解きほぐれるようだ。

手の中の実が甘い芳香を放つ。

小さい鼻を押し付けて目を閉じ、胸いっぱいに甘いにおいを吸い込む。まるで本当に果実祭を訪れているような気分だ。

「イド、ありがとうございます」

ゆっくり目を開いて、目の前に腰掛けたイドを見つめる。心から感謝の言葉が溢《あふ》れ出てきた。

ライオンの国にやってきて、こんな待遇を受けるとは思っていなかった。

警戒していただけとはいえ、今までの非礼を詫《わ》びようと口を開きかけた時——

「俺の番になる気になったか？」

「はあ？」

にやりと不敵な笑みを浮かべたイドにからかわれて、思わずいつもの声をあげてしまった。

いや、ユウリは悪くない。

「人が感謝してるのにあなたって人は……！　どうしてそういう冗談ばっかり」

「冗談じゃねえって。処世術を教えてやってんだ、か弱いうさぎちゃんに」

「うさぎちゃんじゃありません！」

ユウリが尻尾をぴょこぴょこと上下させながら声を荒らげても、イドは笑うばかりだ。

「俺の番になれば他のライオンもおいそれとあんたを傷付けないだろ。なかなか名案じゃないか？無事に国に帰りたいんだろ」

もちろん、その通りだ。

同盟を結んだとはいえ、クローヴァに送られたライオンがどうなってもいいのだとアッティーカ側が考えているのなら約束事など無意味だ。

イドはクローヴァを侵略するつもりなどないと言うけれど、その言葉はユウリの身の安全までは保障してくれない。

　まして、イド以外のライオンはなおさらだ。

「――……」

　とはいえ。

　イドと番になると宣言すればいいというものでもないだろう。

　そもそも番とはなんなのかもわからない。

　気持ちが通って夫婦になるというのなら、睦まじい自分の両親を見ていれば想像はつく。想像はつくけれど、実際に誰かに恋い焦《こ》がれたことがあるわけでもないし、焦がれられたこともない。

　まして、あんなにたくさんのハーレムのメスをかかえているイドの言う番なんていったいどんな意味なのか想像もできない。

　どうしたら「番」になるのだろうか。

「つがい……」

　ユウリは神妙に考えながら、とりあえず目の前で組まれているイドの脚にそっと手を伸ばしてみた。

　確か、王の間でハーレムのメスたちはイドに絡みつくようにしなだれかかっていた。

　イドの膝頭に手を置いて、その顔を見上げる。

「ん？」

「ん、じゃなくて……」

　どうだ、と言わんばかりに見上げても、イドはユウリの行動を微笑ましそうに見下ろしているだけだ。

「膝に乗りたいのか？」

「違……っ」

　否定する言葉を聞く間もなく、イドは長い腕を伸ばしてユウリの体をまたしても軽々と抱き上げて、そのまま自分の膝の上に移動させた。

　これじゃまるで幼い子供をあやしているかのようじゃないか。

　ユウリは小さい頃だって父の膝の上であやされたことはないのに。

「あなたはまたそうやって……！　早く降ろしてください」

「いいからいいから。ほら、早くそれ食ってみろ。美味かったらまた採ってきてやるよ」

　手に持ったままの実を視線で示されて、ユウリは眉を顰めながらも押し黙った。

　わざわざ採ってきてもらった実をいつまでも食べずにいるのも失礼だ。

　とはいえ、こんな向かい合う形で膝に乗せられて食べるのが行儀良いとは言えないけれど。

「ほら」

　ユウリの反応を楽しみにしているような視線に見つめられていては、とにかく一口だけでもこのまま食べてしまわないと解放してもらえそうにもない。

「……いただきます」

不承不承という表情を浮かべて口を開き、大きな実に嚙《かじ》り付く。

「！」

と、歯を立てた瞬間甘い果汁が湧《わ》き出てきて、口いっぱいに広がった。

薄い皮の下の果肉は柔らかく、その甘さもあいまってまるで蕩《とろ》けるような食感で、一口だけのつもりが二口、三口と食べたくなる。

「これ……すごく美味しいです！　こんな実、食べたことがありません！」

イドの顔を仰いで、思わず子供みたいに弾んだ声をあげてしまう。

こんなに美味しい実をクローヴァに持って帰ったらきっとみんな虜《とりこ》になるに違いない。

この土地でしか栽培できないのだろうか、種はどうなっているのか――ユウリはイドの膝の上に乗せられていることも忘れて夢中で食べ進めた。

「そうか。もっと持ってきてやれば良かったな」

イドも満足そうに双眸を細めて、ユウリの細い髪を弄《もてあそ》ぶように撫でる。

頭を撫でられることも気にならないくらい美味しい実だ。こんなに美味しいのに大きさも十分だから、明日から毎日これが食事でもいいくらい。

「ライオンは果実を食べたらお腹が痛くなったりするんですか？」

せっかく採ってきてくれたのだからイドも食べられたらいいのに。

ユウリがようやく実から顔を上げて尋ねると、イドの端正《たんせい》な顔がすぐ目の前にあった。

そういえば膝の上に乗せられていたことを忘れていた。甘い実の香りのせいで、ライオンのにおいも気にならない。

「ん、いや……そういうわけではないと思うが」

無防備に見上げたイドが視線を伏せて、顔を寄せる。

ためしに一口齧ってみようというのか、ユウリが手に持っていた実を差し出して応じようとすると、イドの長い舌がべろり、とその手を舐めた。

「！」

反射的に手を引っ込める。

すると、イドはユウリの顎を掴んで身を寄せてきた。

「ほら、汁がついてるじゃねえか」

笑ったイドの唇から牙が覗く。

その向こうから赤い舌が伸びてきて、ユウリの頬を舐めあげた。

夢中で噛り付いていたせいで、果汁がついていたのだろう。かっと顔が熱くなって、ユウリは大きく瞠った目を泳がせた。顎を摑まれていては、みっともなく汚れた顔を伏せることもままならない。

「だ、大丈夫です……っあの、舐め」

「確かに美味いな。もっと食わせてくれ」

膝から飛び降りようとしたユウリの腰を押さえたイドが顎先、口元へと吸い付いてくる。

「実を、食べる……っなら、こっちを」

上体をすり寄せるように覆いかぶさってきたイドに、手に持った実を勧めようとするが一顧《いっこ》だにしてくれない。それどころかますます腰を強く抱き寄せられて、窮屈なくらいだ。

「あんたの肌についてるから美味いんだよ」

「っそんな、の……っおか、しっ」

身を食べたほうが美味しいに決まっている。

ユウリがそう訴えようとしても、息を継ぐ口にイドの舌がもぐりこんできそうになって慌てて足をばたつかせる。

まるで――これじゃキスをしているみたいだ。

唇の形を確かめるように何度も短く啄《ついば》まれて、ユウリが顔を逸らそうとしても首筋や頰を舐めて、啜《すす》られて、また唇を舐《ねぶ》られる。

「んゃ……っちょ、っと……イド、待っ……!」

いくらユウリの口元が汚れていたとしても、さすがにもうイドのよだれのほうが多くなっていそうだ。

ライオンのよだれまみれにされるなんて、おそろしいことのはずなのに。

それなのに、イドがユウリの顎を引き上げて唇の割れ目に舌を這わせてくると、尻尾の根元までむずむずとするような変な感覚が走る。

「そうそう。……そうやって俺を誘惑してみせろ。番にしてほしいって」

「誘……惑……？」

そんなものは知らない。ユウリは、イドの膝に手を置くので精一杯だったのに。

ユウリを見下ろすことで陰になったイドの顔には金色の目が光って、フェロモンが増しているようだ。口端を吸い上げられると牙が掠《かす》めた。

腰を抱く腕も、顎を摑んだ手も強くて大きくて、オスとしての貫禄《かんろく》が違いすぎる。

ハーレムのメスたちにもこんな風に詰め寄ったのかと思うと――

「断る」

ユウリは耳を伏せて、イドの胸をぐっと押し返そうとした。びくともしなかったけれど、イドは断られるなんて少しも予想していなかったみたいだ。目を丸くしている。

「だ……だいたい、僕を番にするならハーレムなんて解散するべきだ。僕を他のメスと一緒にされては困る」

　少なくともユウリはハーレムなんてものは理解できないし、ましてや「その他大勢」と一緒だなんて旧王族としての誇りが許さない。

　オス同士でも問題ないだろうと言うのならこれでどうだとばかりに言い返してやると、イドは一瞬の間の後、ふと噴き出した。

「あっはっは、そうだった！　あんたはハーレムなんて理解できないんだったな」

「僕が理解できないんじゃない、うさぎはそうなんだ」

　ライオンにとってはハーレムが普通なのかもしれないが。だとしたら、相容《あいい》れない。それで話は終わるはずだ。

　ライオンとうさぎは別の種族なのだから、仕方がない。同盟の掟《おきて》に則《のっと》ってお互いの文化を尊重する意味でも番なんて馬鹿げた冗談はこれでやめにしようとユウリが肩の力を抜いた時——

「じゃあ、ハーレム解散するかな」

「……は？」

　思わず頭上の耳がぺたりと低くなった。

「そうすれば、メスたちの喧嘩《けんか》に巻き込まれることもなくなるしな」

　名案だとばかり肯くイドに、思わず同調しそうになる。

確かに、こう毎日メスたちから身を隠す必要があるくらいならば解散してしまうのも悪くはないかもしれない。

「そうなったら匿ってもらうためじゃなく、純粋にあんたに会いに来ることにするよ」

にやりと笑みを浮かべたイドが、未《いま》だ摑んだままのユウリの顎下を指先でくすぐる。

それを振り払おうとしても、やっぱりびくともしない。

「執務から逃れる口実に僕を使う気か」

「んー……そうかもな？」

とぼけるように視線を逸らしたイドの顔が近付いてくる。

ユウリがいくら身構えても、腰を抱き寄せられたままじゃ逃げようがない。イドの胸にはユウリが持っていた果実の汁がべっとりついてしまっているのに、気にも留めていないようだ。

「なんであなたはそんなに、近」

「ハーレムを解散させる代わりに、あんたが俺の番になってくれるんだろ？」

牙の隙間《すきま》から漏れるような掠れた声が低く、甘くユウリの肌に囁かれる。

「ま、っ……まだ解散してない、し――……僕だって、承諾したわけじゃ、ない」

むずむずとした感覚が頬まで上ってきて、ユウリは首を竦めて顔を伏せながらふるふると頭を振った。

身の安全を守るためとはいえ、こんなことをしていいのかどうかわからない。

「そうか」

喉を鳴らしてつぶやいたイドの手が、尻尾の付け根をかき上げるように撫でる。ユウリのむずむずとした気分を見透かしているかのように。

「っ……！」

思わずびくんと体が大きく震えて、また変な声が漏れそうになる。

慌てて口を塞ぐと、手に持っていた実が床に転げ落ちた。

「まあでも、承諾するのも時間の問題だろう？」

頭上の耳に鼻先でもすり寄せられているのか、ひどく耳が熱い。両手で口を押さえてうつむいたユウリには知るよしもないけれど。

「……っ僕、が……自分の身を守るために、承諾すると……っ」

そんなの、脅しだ。

このまま食うとでも言うつもりだろうか。

「違うのか？」

「あなたが僕を……く、食おうとするなら――刺し違えて、やる、から」

耳にかかる吐息を振り払うように顔を上げてイドの顔を睨みつけてやると、細められた残忍なオスの目がユウリを見下ろしていた。

「うさぎがライオンと？　面白いな」

背後に回された大きな手で尻尾を握られると、背筋を震えが走ってユウリはイドの膝を跨《また》いだ内腿《うちもも》を強張らせた。

体が熱い。

怒りのせいなのか、下肢《かし》から這い上がってくるむずむずとした感覚のせいなのかわからない。

「ライオンだって、同じ……っ生き物だ。どこを切れば死ぬか、人間に聞いてきた」

人間は過去にライオンと戦ったことがあるから、間違いはない。

どんな生き物だって血がたくさん通っているところを切れば死んでしまうと人間は言っていた。

戦慄《わなな》く唇でユウリが凄《すご》んでみせると、イドがひょいと眉を上げた。馬鹿にされたのかもしれない。

「そうか、じゃああんたから番になりたいと思ってもらわないとな。俺もまだ死にたくはないし」

「は？　僕が番になりたいなんて、言うわけ――……っ！」

ユウリの言葉を聞く間もなく、イドの手が前に回り込んできて中央の熱をそっと握りこんだ。

「ちょっ……どこ、触っ……！」

驚いて身をよじると顎を摑んでいた手で肩を押さえられて顔を覗き込まれた。

「俺はあんたをこういう意味でしか食おうとしてないが、その場合はどうなるんだろうな？」

前に触れた手が服の上からゆるゆると動く。ユウリは喉をひくつかせて、こみあげてくる変な声を何度も飲み下した。

イドの胸を押し返して膝の上から降りようとするのに、果汁で汚れた手に力が入らない。

「知らな……っ、やめ……っ変なところ、さわ……っるな」

急所を握るイドの手は優しくて、上下に撫で上げられるたびに体の熱が高くなっていく。

それどころか、なんだか下衣の内側がぬるぬると濡《ぬ》れてきたようだ。まさか、果汁がそこまで零れているわけじゃないだろう。

「ほら、ちゃんと摑まってろ。膝から落ちて怪我《けが》しても知らないぞ」

ユウリの肩をぐっと強く抱き寄せたイドの手が、びくびくと断続的に震える背筋を撫で下りていく。

それだけで上ずった声が漏れてきそうで、ユウリは押し付けられたイドの胸でいやいやと首を振った。

「い、あっ……待っ、おかし……っ変な、あ、……っあ」

「うさぎちゃんはずいぶん可愛い声で鳴くんだな」

耳を舐める声。

胸の鼓動《こどう》が下腹部に移ってしまったかのように脈打つものを乱暴に撫でられながら囁かれると、頭がぼうっとしてくる。

「うさぎ、ちゃ……っじゃな、い」

だらしなく開いたイドの服の胸元を握りしめて歯嚙みするけれど、歯の根が合わない。

イドの手が上下に揺れるたびに腰がもじついて、じっとしていられない。

「ああ、そうだったな。……ユウリ」

ふとイドが笑った。

不思議と馬鹿にされている気はしない。

どんな顔をして笑っているのかと気になってユウリが顔を上げようとした時、イドが再び尻尾に触れた。

「――――……っ！　ぁ、あっ……やめ、っ尻尾と一緒……に、っ触……った、ら、ぁ……っ！」

下肢から粘《ねば》ついたような水音が聞こえる。その音に合わせて尻尾の付け根をこすられると、ユウリは大きく体を仰《の》け反《ぞ》らせるようにして目を瞠った。

目の前に星が瞬いたみたいにチカチカとして、どっと体が熱くなる。

「ぁ……あっ、はぁ、っ……ん、っはぁ……」

体がひとりでに何度か痙攣《けいれん》して、ゆっくりと鼓動が治まっていく。

辺りには果実の甘い香りとライオンのにおいと――それから、ユウリ自身が放ったオスのにおいがたちこめて、眩暈《めまい》がしそうだ。

急激な脱力感も一緒になって、ユウリはしばらくイドの胸に凭れたままじっとしていた。

建前はどうであれ人質であるはずのユウリの部屋の扉に鍵はかけられていない。

そのことは気付いていたけれど、外に出ればライオンばかりがいるのだと思うと実質的な軟禁状態にあると思って部屋から出たことはなかった。

しかし、今日は初めて外に出てみようと決意を固めていた。

理由は明白だ。

イドと顔を合わせたくない。

あんなことをした後でも、イドはきっと昼食後になればユウリの部屋を訪ねてくるだろう。そんな気がした。

イドは口では悪い悪いとすぐに謝るのに、実際には悪びれた様子を見せたことはない。

自分の非を認めたところで立場が揺らぐわけではないとわかっているから、軽い調子で謝罪できるんだろう。

昨日の今日で「悪かったな」なんて適当に言われても癪《しゃく》だし、まるで何もなかったかのような態度を取られても気分が悪い。

そして何より、イドの顔を見たらユウリ自身が昨日のことを思い出してしまいそうで。

とにかく、顔を合わせたくない。

イドが訪ねてくるのは決まって他の多くのライオンたちが昼寝している時間帯だし、きっとユウリが外を歩いていても危なくはないだろう。

そもそもライオンを怒らせるようなことをしない限り、ユウリは客人なのだ。部屋から出るなとも言われていない。

「――……」

息を押し殺して扉を静かに開き、長い耳を押さえて廊下を窺う。

思った通り、宮殿の中は静まり返っている。イドの姿もない。

ユウリはほっと息を吐いて、隠していた耳から手を離すと廊下に歩み出た。

部屋を出るのはどれくらいぶりになるだろう。大きな窓のおかげで閉塞感《へいそくかん》こそなかったけれど、やはり少し運動不足気味かもしれない。

今日も外は太陽が照り付けているけれど、なんとか木陰を見つけて土を踏みたい、そんな気分だ。

迷子にならないように慎重に廊下沿いの扉を数えながら、屋外を目指す。

宮殿の中は自分の部屋と王の間しか知らないし、王の間を訪ねたのももうずっと以前のことのように感じる。

クローヴァ城の、渡り廊下で細い塔が繋がっている構造と違って、アッティーカ城はとにかく広大なひとつの建物のようだ。廊下を直進しているつもりでも緩い曲線を描いているのか、いつまでも突き当たりにさえ着かない。

数えた扉が三十を超えたところで、外に繋がる扉に出逢《あ》える気がしなくなってきた。

いっそ部屋に戻って窓から外に出るのが一番かもしれない――足を止めたユウリが思い切って引き返そうとした時。

「待て～っ！」

高い声が聞こえて、ユウリは思わず飛び上がった。

目の前の扉が大きく開いて、影が転がり出てくる。声をあげそうになったユウリの前に駆け出してきたのは――子供のライオンたちだった。

「！」

「あっ……」

子ライオンたちは部屋を飛び出てきた瞬間ユウリに気付いて目を丸くすると、頭上に振り上げていた木の棒も引っ込めることを忘れてしまったように硬直した。

ユウリも同じだ。

三匹の子ライオンとユウリはお互い見合ったまま、長い時間が経過した、ようにさえ感じられた。

「あらあら、申し訳ありません。……ほらみんな、ご挨拶《あいさつ》して」

　割って入ってきたのは、細身の落ち着いたメスライオンだ。

「かあさま、うさぎだ」

「うさぎー」

「はじめてみた！」

　小さなライオンたちは口々に言いながら、ユウリを指さす。

「こらみんな、失礼ですよ」

　優しくたしなめた母ライオンが、ユウリに頭を下げた。

　ライオンに頭を下げられるなんて初めてのことで、ユウリはいよいよ硬直したまま動けない。これじゃまるで初めてライオンに遭遇した子うさぎのようじゃないか。

　実際、穏やかそうなメスライオンでさえ、ユウリより体が大きく感じられる。

「こちらはクローヴァ王国からのお客様ですよ。失礼をお詫びして」

　子ライオンたちの頭を無理やり下げさせる母の腕は逞しい。さすがライオンと言うべきか——いや、うさぎだって母は強いものだ。

　こんなやんちゃな子供を三匹も育てていたら、それは腕も太くなるだろう。

「ごめんなさーい」

「うさぎさん、ごめんなさい……」

柔らかそうな頬に、短い手足。

くりくりとした青みがかった瞳で見上げられると、ユウリは自然と肩に入っていた力が抜けていくのを感じた。

幼い妹を思い出して。

「……いや、こちらこそ。ぶつかって転んだりしなくて良かった」

思わずその場にしゃがみこんで、子供たちと目線を合わせる。妹にするのと同じように。

子供たちはそれぞれ顔を見合わせてから、ぱっと顔をほころばせて母の制止の声を待たずユウリに駆け寄ってきた。

「うさぎさん、おなまえはなんていうの？」

「うさぎさん、みて、これね、せんしの剣、すっごくつよいんだよ」

「ねえねえいっしょにあそぼ！」

珍しい客を取り囲んで口々に話し出す子供の無邪気さはうさぎもライオンも変わらないようだ。

ユウリは思わず噴き出して、それぞれの顔を見回した。

さすがにライオンといえども子供ならおそろしいこともないし、可愛い。

「みんな、お客様に無茶言わないの！　ほら、さようならしなさい」

すみません、と何度も頭を下げる母親の姿もうさぎとなんら変わらない。

ユウリはなんだかすごく気持ちが明るくなったような気がして、中でも一番小さな子供に腕を引かれたまま首を振った。

「いえ、僕もちょうど外に出ようとしていたところだったので……もしよろしければ、僕が彼らの子守をしても良いでしょうか？」

彼らはこれから庭に出て「せんしの剣」で戦《いくさ》ごっこをするところだったらしい。

それなら、ユウリも外で見守っているくらいはできる。外まで案内もしてもらえるだろう。

子供と遊ぶのは苦ではないし、とユウリが続けると母は驚いたようだった。

「国賓の方にお守りだなんて」

国賓だなんて、アッティーカに着いてから初めて言われた。

ユウリは苦笑を漏らしながら、腕にぶら下がった一番小さな子供を抱き上げて立ち上がった。

自分がライオンの子供を抱き上げるなんて、変な感じだ。

「僕は構いませんよ。……その、この国の方はこの時間はお休みされているのでは？」

子育てに追われるメスが十分に休めないのも、国や種族に関係ないことだろう。

ユウリが子守をしている間彼女が少しでも休めたら——というつもりだったけれど。

「あはは！　そんなの、オスだけですよ」

「えっ」

驚いて、思わず声をあげてしまった。

それを足元で子供たちが面白そうに真似《まね》している。

「そうなんですか。てっきりこの国の習わしなのかと」

廊下を勝手に駆けて行こうとする子供を目で追うと、そのはるか向こうに歩いているメスライオンの影を見ることができた。彼女はきっと宮殿の使用人だろう。大量の洗濯ものをかかえてどこかへと消えていく。

「オスは昼に限らずいつでも寝てばかりです。この国を支えてるのは私たち、メスなんですから」

冗談めかして言った母ライオンが、逞しい腕を掌でぽんと叩いてみせる。

ユウリは思わず言葉を失くして、呆気《あっけ》に取られてしまった。

ライオンをよく知っているわけではないけれど、イドの様子を見ているだけでもどこか納得できるような気がしてしまう。もっとも、彼の執務を支えているのはシムだという話だけれど。

「とはいえ、オスたちが静かな時間に済ませておきたい仕事もあるので……お言葉に甘えて、この子たちをお願いしてもよろしいですか？」

逞しい腕を下ろして淑《しと》やかに微笑まれると、ユウリは呆気に取られたまま肯くしかなかった。

母は強し——だけど、うさぎの母とライオンの母とでは次元が違うようだ。

「まだまだぁーっ！」

子供の声が青空に響き渡る。

各々《おのおの》木の棒――「せんしの剣」を手にした子供たち三匹が入り乱れて砂埃《すなぼこり》を上げながら飛んだり跳ねたり、駆け回ったり。ユウリからしてみると少しひやひやするほど乱暴な「戦ごっこ」だけれど、ライオンの子供としては日常の光景らしい。

ユウリは子供たちが怪我しないように見守っているだけで、大きく枝葉を伸ばした木に凭れて座っていた。

やっぱり外は陽射しが強くて、クローヴァよりも暑い。

こうして木陰で風を感じているくらいがちょうどいいようだ。何より、自然に囲まれて暮らしていたユウリにとっては木に触れているだけで心が安らぐ。

ここに来るまでの間、彼らの母親以外のメスを他にも見かけた。

掃除をしている使用人や、食料を運んでくる商人、武器の手入れをしているのもみんなメスだった。

この時間、本当にオスはただ休んでいるんだろう。クローヴァでは考えられない光景だ。

それにしても、のびのびと働いているライオンたちの姿を見ればみるほど自分がいかにライオンに偏見を抱いていたかを思い知る。

当たり前のことだけれど、ライオンたちにも生活があって、こうして子供を育てていたり、協力して、日々の営みを育《はぐく》んでいるのだ。

野蛮なだけの種族ではないし、うさぎと見たら取って食うわけでもない。

子供たちには優しいし、ユウリに頭を下げてくれもする。宮殿で見かけた働くメスたちもユウリに気付くと少し驚いたような様子だったけれど子供たちがいたおかげで和《なご》やかに挨拶できた。

本当に、当たり前のことだけど。

「あーっ、みて！　きれいな石がある！」

「どれどれ？」

さっきまで木の棒を振り回していた子供が急にしゃがみこむと、汚れた手で石を拾い上げた。

別の子供は、頭上を飛ぶ虫に手を伸ばしている。

顔は砂埃で汚れているし、ユウリが心配になるくらい膝小僧はすり傷だらけだ。だけど三匹とも無邪気に笑って、砂の上で転げ回っている。

きっとどんなに汚れてもあの優しくて逞しい母親のもとに帰ったらちょっと乱暴に洗われて、夜になったらよく眠るんだろう。

まるでお日様のような子供たちだ。

宮殿で育てられているらしい彼らがいったいどういう立場なのか知らない。

もしかしたら、イドの子供なのだろうか。

「とすると、彼女はハーレムの一員……？」

一度見たきりのイドのハーレムの様子を思い出そうとして首をひねっていると、不意に隣に影が走った。

「誰がハーレムの一員だって？」

「！」

子供が回り込んできたのかと思って何気なく振り向くと、そこには眠たそうな顔で髪をかき上げているイドの姿があった。

「っ、なんでここに……！」

咄嗟《とっさ》に腰を上げて逃げ出そうとしたけれど、それより早く腕を摑まれる。

力でイドに勝てるわけがない。それでも全体重をかけてその手から逃れようとすると、反対にぐいと引き込まれてイドの膝に倒れこむ羽目になった。

「……!!」

つい昨日あったことを思い出して、どっと心臓が跳ねる。

「逃げるな逃げるな、腕が抜けちまうぞ」

ぽんぽんと子供をあやすように背中を撫でられて、腕が解放される。だけどまた逃げ出そうとすればすぐに捕まってしまうだろう。

ユウリはそろりそろりと身を起こしてイドの様子を窺いながら、せめて隣に腰を落ち着けた。

「部屋にいないから、捜したんだぞ」

イドは素知らぬ顔だ。昨日のことなど忘れているのかもしれない。

「べっ、……別に、外の空気を吸うくらいいいでしょう」

イドに会いたくなくて逃げ出した、とはさすがに面と向かっては言いにくい。何より、どうしてだと聞かれたら昨日のことを自分から蒸し返すことになってしまう。

昨日まではイドが訪ねてくることがわかっていてもおとなしく部屋にいたのだから。

「ダメとは言ってないだろ。捜した、と言ってるんだ」

どうして捜すんだ、と聞いても答えてくれる気がしない。

だいたい、ハーレムのメスたちから隠れるためにあの部屋に来ていたならユウリが不在でも問題ないはずじゃないのか。ユウリを捜して歩き回っていたらメスに見つかってしまうかもしれないのに。

隣のイドが何を考えているのかちっともわからなくて横顔を盗み見ようと視線を向けようとした時。

「で？　ハーレムがなんだって？」

「！」

不意に顔を覗き込まれて、思わず飛び上がる。

そもそもイドの顔は心臓に悪い。ライオンがおそろしい、というだけではないような気がする。あるいはライオンの中でも一番強いから特別におそろしいということなのだろうか。

ユウリはばつの悪い気持ちをごまかすように大きく咳払《せきばら》いをしながら、虫を追いかけて駆け回っている子供たちを指さした。

「だ、だからあの子たちの――……」

「あ！　イドさまだ～！」

子供たちも、こちらに気付いたようだ。長い尻尾を揺らしてぴょんぴょんと跳ねて手を振っている。

「みて、きれいな石！」

「ユウリもみて～！　むしつかまえた！」

三匹で縺《もつ》れるようにこちらに駆けてきて、彼らは手に持っているそれぞれの宝物を見せてくれる。

石は確かにきれいだけど普通の石だし、虫はユウリにはちょっと刺激が強すぎた。だけど、子供たちは真剣な顔つきだ。

「お、リオは狩りの才能があるな。カイは宝石商になるかもしれないぞ。テオはこのまま勇敢《ゆうかん》な戦士としてアッティーカを守ってくれよ」

胸に飛び込んできた子供たちをそれぞれ撫で回しながら、イドが大仰に褒めちぎっては屈託なく笑う。

どっちが子供かわからなくなるくらい無邪気な顔で。

その大きな掌に掻き回されるように撫でられると、子供たちはすぐに甲高い声をあげてまた駆け出した。さすがライオンの仔と言うべきか、運動量にきりがない。

「あいつらはシムの子供だよ」

「シムの？」

少しもじっとしていない子供たちの様子を眺めたイドを思わず振り返る。

言われてみれば、あの母親はうさぎのユウリを見ても驚いた素振りを見せなかったしユウリの名前も知っていた。ユウリの世話係もしているシムの細君《さいくん》ならば当然かもしれない。

「シムの……」

なるほど、と大きく肯きながら改めて子供たちを眺める。

シムは怖いくらい寡黙なオスだけど家では優しい父親なんだろうか。見たこともないのに、想像がつくようだ。

そう思えるようになったのも、部屋を出て、ライオンたちの生活を垣間《かいま》見た後だからかもしれない。

「俺はまだ子供を産ませたことはないぞ」

多分、と低く付け足された言葉にユウリが白けた視線を向けると、イドが悪戯《いたずら》っぽく身を竦める。

とはいえ、王の子供を産んで黙っている利点は特にない。本当に生まれてはいないのだろう。あれだけのハーレムがあっても。

どうして、と尋ねようか迷っていると、隣で大きな欠伸が聞こえた。見ると、イドが砂で汚れた手を口にあてがって伸びをしている。

イドもライオンのオスらしく昼寝の時間なんだろう――が。

「ちょっと、そんな手で触れたら顔が汚れますよ」

砂塗《まみ》れの子供の頭を撫でたせいだろう、イドの掌も砂だらけだ。

ユウリが慌ててポケットから手拭きを取り出すと、イドが首を竦めて受け取った。

「ずいぶんきれい好きなんだな」

「普通です」

「俺なんて手拭きを持ち歩いたこともない」

あっけらかんと言ったイドは乱雑に掌を払って、すぐに手拭きを返そうとしてくる。ユウリはイドの手首を摑んで引き寄せると、ちっともきれいになっていない掌を手拭きでごしごしと拭った。

「国王なんですから、身ぎれいにしておかなくちゃ駄目じゃないですか」

「王とかどうとか関係ないだろ」

訝しげな声をあげながらも、イドはおとなしく拭かれるままになっている。ユウリは掌の皺《しわ》まできれいになったことを確認してから手を裏返し、爪の間も汚れていないか注意深く確認した。

「……だいたい、あの子たちもシムの息子なら貴族なんでしょう。あんな砂埃に塗れていていいんですか」

遠くに見える木まで競争だ、と駆け出した三匹は、砂の上に転がってしまったらもう地面と見分けがつかないのじゃないかというくらい汚れている。

これがいつもの遊び方なのだと彼らが言うからそのままにしているけれど――ユウリにはとても信じられない。

正直、イドに向かって駆け寄ってきた彼らを撫でることもできなかった。

「なんで駄目なんだ？」

イドの顔を仰ぐ。

金色の目を丸くしたイドは、首を傾いでユウリの顔を真《ま》っ直《す》ぐ見下ろしていた。

「なんで――……って、地位の高い家柄の子は、身なりをきれいにしていないと」

「子供に地位なんか関係ないだろ」

「子供が不躾だと親の評判に関わります」

思わずムキになって言い返すと、気圧《けお》されたように顎を引いたイドが目を眇めた。ユウリが何を言っているのか、本気でわからないという顔だ。

おそらく、この国では本当にそうなんだろう。どんな家柄の子も、地面を転がるようにして遊んでいても構わないのかもしれない。

あるいはイドがこの国を自由なものにしているのか、昔からそうなのかは知らないけれど。

「――……少なくとも僕は、そう躾《しつ》けられてきましたから」

クローヴァ王国では違う。

旧王族の誇り高いハインドマン家では。

物心がついた時には習い事をさせられていて、近い将来社交界に出た時に恥ずかしい思いをしないようにとしっかり躾けられてきた。

家庭教師をつけられて毎日本を読むことを勧められてきたし、自分たちは世が世であれば王族の血を継いでいるのだから、とことあるごとに言われてきた。

いつか自分も父の跡を継いで人間の王に仕える身になるのだし、人間たちと並んでも引けを取らないように勉強しなければならないと、そう思っていた。

父に恥をかかせるわけにはいかない。父の誇りとなる息子でありたい。人間に侮《あなど》られてはいけない。

草原を駆け回る同年代のうさぎたちを見ながら、ユウリは毎日城の図書館に通っていた。城に出入りできる自分が誇らしかった。

でも、毎年果実祭の日だけは妹や同世代の友達と一緒に店を見て回って、屋台で買った珍しい果実を道端で食べることができて——本当はそれが、楽しかった。

他のうさぎたちには普通のことだったのかもしれないけれど。

「ふぅん」

きれいになった手を裏表に翻《ひるがえ》して眺めたイドは、興味なさそうに鼻を鳴らしただけだ。

イドには理解できないだろう。

自分たちが再び王座に就くこともないのに、旧王族の血を引いているという誇りのためだけに生きてきたうさぎの一族のことなんて。

「別に、家柄なんて関係ないだろ。遊びたきゃ、親に隠れて遊べばいい。子供の仕事は遊ぶことだ」

あまりにも思った通りの答えが返ってきて、思わず呆れたように笑みが零れた。

ユウリはこうして地面に直接腰を下ろしているというだけでなんだか悪いことをしている気になっているというのに、イドは大きく股を開いて胡坐《あぐら》をかいている。

「あなたにはわからないでしょうね」

「そうだな」

きっとユウリの気持ちは、誰にもわからない。

同じ国のうさぎにも、ユウリの後に生まれた妹にも。父ならば理解してくれるかもしれないけれど、話したところで誇りの話をされるだけだ。そんなこと、わかっている。

ユウリは自分の膝を抱き寄せると、遠くの木まで辿《たど》り着いた子供たちが誰が一等賞だったかと話している様子を見つめた。

「あんた」

隣で影が揺れたかと思うと、弾みをつけてイドが立ち上がった。

昼寝もできない、番にもならないユウリのそばにいることに飽きたのだろう。見送るつもりで視線を向けると、ユウリがさっききれいにしたばかりの掌がこちらを向いていた。

「砂塗れになって遊んだことがないんだろう」

太陽を背にしたイドが、眩《まぶ》しいくらいの顔で笑う。

まるで、子供みたいに。

「俺が遊び方を教えてやる」

ユウリがぽかんと仰いでいると強引に腕を引かれた。

「うわ、っ」

突然引き起こされたせいで足がふらついて、イドの胸に倒れこみそうになる。

慌てて腕をついたもののユウリの脳裏には昨日のことがよみがえってきて、どっと鼓動が跳ね上がった。そんなことを思い出したのはユウリだけのようだったけれど。

「来い！」

「えっ……ちょっと！　僕は、木陰でゆっくりしているだけで……」

驚いて裏返った声も、抜けるような青空に吸い込まれて消えていく。

有無を言わさぬ力で太陽の下に引きずり出されたユウリは、イドの腕に引かれるまま転げるように走り出した。

「イドさま！　ユウリさまー！　こっち、こっち！」

遠くで子供たちがはしゃいだ声をあげている。

強い陽射しが、ユウリを焦がすように照らしていた。

＊　　＊　　＊

「ユウリ様」

優しい声に足を止めて振り返ると、シムの妻——ルシアがカゴを提《さ》げて手招きしていた。

「こんにちは」

風にはためく白い洗濯もの。

ここ、アッティーカでは雨さえ降らなければ洗濯ものは半日で乾くのだそうだ。

あの日、初めて部屋を出て以来ユウリはオスのライオンたちが寝静まる昼下がりを散歩の時間と決めていた。

おかげで何人かのメスの使用人たちとは面識もでき、時には昼寝をせずに起きているオスのライオンたちとすれ違っても過剰におそろしさを感じなくなっている。

イドの言う通り、ライオンがうさぎを食べるなんて大して意味もないことだ。メリットもないのにユウリを殺すほど野蛮なライオンは宮殿の中にはいない。

クローヴァ城に比べるとこの宮殿は警備が薄いようだけれど、それは宮廷に行き交うライオンたちがそれぞれ腕に自信があるからなのだそうだ。確かにライオンの群れにわざわざ攻め入ってこようなんてハイエナですら考えないだろうし、市井《しせい》のライオンが攻め込んでこようにも多勢に無勢じゃ勝ち目がない。

ユウリが知る限り、イドは宮殿で過ごすライオンたちに好かれている国王のようだし。

今ならば、最初に通された王の間でのイドと大臣たちの気の置けない雰囲気も理解できる。アッティーカは穏やかで分け隔てのない国なのだと。

「手伝いましょうか」

「いえいえ、ユウリ様にそんなことさせられません」

冗談でしょうと笑うルシアの向こう側で子供たちがはしゃいでいる声が聞こえる。

結局、あの日はくたくたになって立ち上がれなくなるまで広い庭を駆け回るのに付き合わされて、真っ白な耳がすっかり薄汚れてしまうまで砂埃に塗れる羽目になった。

純白の毛並みはユウリの誇りなのに、その後何日もブラッシングするたびに毛の奥から細かい砂が落ちてきて難儀したものだ。

それなのに、あの日のことを思い出すと不思議と心が騒いでしまう。ただ夢中で駆け回ることの何が楽しいのかもわからないのに、あんなに大きな声で笑ったのも初めてで。

「あ、そうだわ。ユウリ様にお渡ししたいものがあって」

子供たちの笑い声にユウリが心を弾ませていると、洗濯ものが入ったカゴを下ろしたルシアはそう言ってポケットを探った。

「これ、どうぞ」

麻を編んだ袋を差し出される。

シムは国王の側近なのだからその妻であるルシアだって高貴な立場なのだろうが——こうして市井の母親のように洗濯をして、手渡された袋もひどく庶民的なものだ。

その気取らないところがいつも意外で、だけど好ましくもある。

きっとこんな話をしたらイドはまた地位なんて関係ないと言うんだろう。

アッティーカの貴族はみんなこんな風に地に足の着いた生活を送っているのだろうか。宮殿で暮らす貴族以外の生活を見てみたいような気になってくる。

「もっと早くにお渡しできたら良かったんですけど……」

ルシアの言葉に促されて袋の中を覗くと、乾いた白茶の粉《こな》がぎっしりと詰まっていた。

「これは？」

「この間ウチの子たちを見ていただいた時、ユウリ様、日に焼けてしまわれたでしょう？　寝る前にその粉を水に溶いて肌に塗ると痛みが和《やわ》らぎますよ」

よろしければどうぞ、とルシアは母の顔で笑う。なんだか自分が子供扱いされているようで恥ずかしくなって、ユウリは首を竦めた。

ユウリの母とはまるで違うけれど、ルシアと話していると心が安らぐ。

シムがこの女性を選んだ理由がわかるような気がした。寡黙なシムにはきっとこれくらい逞しい女性が似合うのだろう。いつか二人でいるところに出くわしてみたいものだ。

「ありがとうございます。早速今夜から試してみますね」

多少落ち着いてきてはいるものの、陽の下で遊んだ日の夜は肌が火照《ほて》って眠れなかったくらいだ。

翌日、部屋を訪ねてきたイドには肌が赤くなっているぞと笑われて、冷たい布を持ってきてもらったけれど。

陽の下で遊べば肌が痛くなり、焼けてしまった肌には冷たい布を当てるのだということをユウリはこれまで知らなかった。

だって旧王族としてどこに出ても恥ずかしくない大人になるための学習では、そんなこと教えてくれなかったから。

きっとこの粉を肌に塗るなんてことも、クローヴァ王国にいる限りは一生知ることもなかっただろう。

「ああ……でも、背中に塗るのは一人では大変でしょう。イド様に塗っていただいたらどうですか？」

「は!?」

思わず麻袋を取り落としそうになって、ユウリはどっと汗ばんだ。

もうだいぶ落ち着いていたはずの肌がじりじりと痛みを覚えるくらい急激に体温が上がって、言葉が出てこない。

どうしてイドの名前が出てくるんだ。

「あら、だってユウリ様の寝所に出入りできるのなんてイド様くらいでしょう」

ルシアは悪びれもなく笑っている。からかわれているのだろうか。

あれきり、イドにユウリの変なところを触れさせたりはしていないけれど――それでも二人になるとしきりに肩を抱き寄せられたり首筋のにおいを嗅《か》がれたりと、面白がられている気がする。

きっとあんなことをした後だからユウリの反応が愉快でたまらないんだろう。

こうして昼下がりに部屋を空けることが増えてからもイドは何かというとユウリの居場所を探し出してちょっかいを出しに来るから、本当にこの国の長《おさ》なのかと問いただしたことも一度や二度じゃない。

「いえ、さすがにそのような……それにイド様も、夜はお忙しいでしょう」

苦笑して言いながら、ああそうかと自分でも驚いた。

イドが昼のうちにユウリをからかいに来るのは、ハーレムのメスたちから逃げるためだと言っていたけれど――夜は、彼女たちと過ごしているのではないだろうか。

昼は逃げ回っておきながら、結局はハーレムに帰っていくのだ。

ユウリを構うのなんて、ただの気まぐれにすぎない。

あるいは彼も国王なりに他国からの客を放っておけないと気遣《きづか》っているのか、なんなのか。

考え始めるとなんだか胸が潰れるような気分になってきて、ユウリは麻袋を持つ手に力をこめた。

「イド様が？　いえ、そんなはずはありませんよ。だって――」

ルシアが丸い目を瞬かせて何か言いかけた、その時。

背後から噎《む》せ返るような甘い香りが漂ってきた。

「アタシが塗ってあげましょうか、うさぎちゃん」

あっと声をあげたルシアの視線を追ってユウリが振り返ると、そこには腰の細いメスライオンが立っていた。

「……あなたは？」

うさぎちゃんなんて不躾な呼び方をするのはイドくらいのものだ。

褐色に焼けた艶《あで》やかな肌を露出させて金色の長い髪をかき上げたメスライオンが、ぷっくりと厚い唇を微笑ませて、ユウリを値踏みするようにじろじろと見つめてくる。

「ユウリ様、この女は――」

「あんたは黙ってなさい」

ルシアがユウリの手を引こうとすると、眦《まなじり》を吊り上げたメスが噛みつくような声をあげた。鋭い牙で刺されるような声。ユウリは驚いて、目を瞠った。

アッティーカ王国に来てから今まで、ライオンのそんな声を聞いたことがなかったから。

「かあさまー？」

洗濯ものの向こうから聞こえた子供たちの声にルシアが振り返る。その緊張した様子で、このメスライオンが危ない存在なのだということがはっきりとわかった。

ユウリは生唾《なまつば》を飲み込んで、ルシアを庇《かば》うように前に立った。

自分はうさぎだけれど、この場にいる唯一のオスだ。ルシアに何かあれば子供たちが傷付くことになる。そんなことは絶対に避けたい。

「やだ、怖い顔。アタシ、うさぎちゃんと遊びに来ただけよ？」

メスライオンは長いまつ毛に縁《ふち》取《ど》られた目を細めて、ちゅっと唇を鳴らした。

もしかしたら市井のメスライオンが入り込んできたのだろうか。それくらい、品のない仕草に見える。

「僕に何か御用でしょうか？」

「だから、遊びに来たの。……ここから先は大人の遊びだから、ガキとババアは消えて？」

凄みのある声。

ユウリはルシアを振り返ると、小さく肯いてみせた。少なくとも子供に聞かせてはいけない話のような気がした。ルシアが子供を連れて、足早に去っていく。

これでいいんだ、と必死に自分の気持ちを落ち着かせて、ユウリはメスライオンと向き合った。

「アタシの名前はクリエ。聞いたことある？」

「……失礼ながら」

ユウリが首を振ると、メスライオン――クリエは微笑みを浮かべたまま自身の細い指をぺろりと舐めた。

「ああ、そう。アタシはあんたのこと知ってるよ。会ったこともある」

「会ったことが？」

驚いた。

ユウリが宮殿内を歩き回るようになったのはつい最近のことで、確かに数人のメスには会っているけれど彼女の顔には見覚えがない。

この鼻につく甘い香りも、一度嗅いだら忘れそうにないのに。

「そう。——王の間で」

クリエの声が囁くように低くなった。

波打つような長い髪の間から覗き見えている丸い耳も伏せられて、彼女が機嫌を損ねていることだけがわかる。

「王の間……」

王の間に立ち入ったのは一度きりだ。

初めてこの国へやって来た日。そこにいたメスライオンといえば、イドの周りを取り囲んでいた数人のハーレムのメスだった。

あの時豊満な体をイドにすり寄せていたメスたちの中に彼女がいたのかもしれない。個々の顔までは見ていなかったけれど、ユウリの目の前を塞ぐように長い脚を大きく広げて立っているクリエの露出の多い服装を見れば納得できる。

彼女の武器はメスであることそのものなのだろう、とはっきりとわかる。

「わかった？」

肉感的な体を見せつけるような服を纏《まと》った彼女は、イドのハーレムの一員であることを誇りに思っているのだろう。

ユウリにとっての純白の毛並みと同じように。

「アッティーカ国王陛下のハーレムの一員であるあなたが、僕に何か？」

この国の国賓であるユウリが、国王のハーレムと接点を持つ必要はない。正妻ならばまだしも、イドには正妻はいないようだし。

あるいは彼女がさっき言っていた通りユウリの世話をするようにイドから遣わされでもしたのだろうか——夜の、世話を。

万が一その予想が当たったら、イドとは二度と口を利くまい。

「何か用か——ですって？　うさぎの国の坊ちゃんはさすが、か弱さを売りにしてるだけあってそんじょそこらのメスライオンよりずーっと小賢《こざか》しい真似をするのね」

豊満な胸の下で腕を組んだクリエの指が、爪をむき出しにしている。明確な怒りを感じて、ユウリは無意識に後退《あとずさ》った。

「……失礼ですが、意図を計りかねます」

か弱さを売りにしているだの、小賢しいだの。いったいなんのことかと眉を顰めると、クリエの細くなった瞳孔《どうこう》がユウリをその場に縫い付けるように突き刺さった。

「しらばっくれてんじゃないわよ！　うさぎの……しかもオスの分際で何がイド様の嫁よ、あんたなんて酒のつまみにもなりゃしないわよ！」

牙をむき出しにしたクリエから浴びせかけられた咆哮《ほうこう》に、思わず毛が逆立つ。本能的に逃げ出したくなって、しかし足が竦んでびくりとも動かない。

ただ、心だけは異常なくらい冷静なままで。

「――……嫁？」

イドに正妻がいるなんて話は聞いたことがない。

オスの分際で？

ライオンに吠《ほ》えられたことがおそろしすぎたのか、あるいは言われたことが突拍子もなさすぎたのか、頭が真っ白になる。

「なん……のことですか？」

「まだ白を切るつもり？」

苛立《いらだ》ったように細い眉を震わせたクリエが、怒りの声音とは裏腹に弛緩《しかん》した笑い声をあげた。

また一歩、後退る。

一刻も早くこの場から逃げ出したいのに、とてもそんな隙がない。今うかつに踵《きびす》を返そうものなら、背中からその鋭利な爪で切り裂かれそうだ。

ユウリは今までクローヴァ王国で安穏《あんのん》と暮らしてきたし、友人と取っ組み合いの喧嘩をしたことさえない。

こんなに明確な憎悪を向けられたこともなければ、その対処法もわからない。そもそも、何がクリエの怒りを買っているのかもわからないのに。

「アタシは認めないから」

クリエが牙の向こうから唸り声交じりにつぶやく。

今にも飛び掛かってきそうだとわかっているのに、身動きが取れない。

「あんたみたいなうさぎのせいでハーレムが解散させられるなんて」

「は」

初耳だ。

確かに最近はイドからハーレムのメスから逃げてきたという話は聞いていなかったけれど、聞くまでもないことだと思っていた。それくらい毎日のことだったから。

そもそも、ハーレムを解散させるなんて――。

「――――！」

ユウリは息を呑んで、声が漏れそうな口を慌てて掌で覆った。

――僕を番にするならハーレムなんて解散するべきだ。僕を他のメスと一緒にされては困る。

そう言ったのは、確かにユウリだ。

だけど、まさか本当に解散するだなんて。

だって、ライオンの国の王がうさぎのオスを番にする気なんてあるはずがない。

「うさぎなんてさっさと食べられてハーレムのアタシたちはまたイド様のご寵愛《ちょうあい》を受けられるはずだったのに。なんであんたはのうのうと宮殿を歩いてんのよ。さっさと食われろよ！」

空気を切り裂くような怒号に、ユウリの耳が震える。

ユウリは同盟の証として滞在している客だから、食われることなんてない。

毅然《きぜん》としてそう言い返したいのに喉が詰まったようになって声が出てこない。

鋭利な爪。鼻の頭に寄った皺。むき出しになった牙。そこにあるのは、ユウリがずっと想像してきた凶暴なライオンの姿そのものだ。

目の前にいる自分はただの獲物《えもの》で、とても言葉を聞いてもらえる気がしない。

「……イド様が食べないなら、アタシが食べちゃえばいいのよ」

ふふっと妖艶《ようえん》な笑みを漏らしてクリエが一歩、また一歩と近付いてくる。

吐く息がやけに冷たく、ユウリの唇を凍えさせるようだ。アッティーカはこんなに暑い国なのに、体の芯から震えが止まらない。

「アタシがあんたを消せば、ハーレムのみんなも、イド様も、みんな幸せになれるし」

歌うように囁いて恍惚《こうこつ》の表情を浮かべたクリエの金色の双眸だけが爛々《らんらん》と光っている。

さっきまでイドやシムの子供たちと駆け回った日のように天気のいい昼下がりだったはずなのに、ユウリの周囲だけ真っ暗になったように感じた。

これが自分が最期に見る光景なのだろうか。イドのハーレムのメスに食べられることが、クローヴァ王国のためになるのか。

この期に及んで少しそんなことを考えたけれど——そんなはずはない。だけど理不尽なことをと言ってクリエに納得してもらえるとも思えない。

旧王族の血族だなんていったって、ライオンに睨まれればただのうさぎだ。

「アタシうさぎって食べたことないんだ。どんな味がするんだろ、楽しみ～」

クリエの笑い声。

その細い腕がゆっくりと振り上げられると、ユウリは首を竦めてぎゅっと目を瞑った。

「——……！」

願わくば最初の一撃で意識を手放したい。生きたまま食われるなんて御免だから。

鋭い爪で引き裂かれる自分の四肢を想像して竦んだ手足を硬直させてその時を待っていると——

「それはお前の持ち物じゃない」

低い、地を這うような唸り声が聞こえて、ユウリはびくりと背筋を震わせた。

クリエの得体の知れない不気味な声よりも、もっとずっと強くて、呼吸をすることすら許されないような声だった。

おそるおそる薄目を開く。自分が五体満足でいることが不思議なくらい、全身に冷たい汗が噴き出していた。

「イド様！」

両腕を上げて飛び跳ねたクリエの豊満な胸が目の前で上下に揺れる。さっきまでのおそろしい形相はなんだったのかというような無邪気な笑顔を浮かべたクリエの姿に、ユウリは糸が切れたかのようにその場に崩れ落ちた。

尻餅《しりもち》をついたままユウリが背後を振り返ると、そこには見たこともない表情を浮かべたイドが立っていた。その後ろから、息を切らしたルシアの心配そうな視線が向けられる。

「俺がいつ、ユウリに手を出していいと許可した？」

イドはいつものからかうような笑顔でもなければ、怒っているようにも見えない。驚くほど無表情で、それがかえっておそろしい。

「だって、イド様がハーレムを解散させるって――」

「答えろ」

相手をねじ切るような強い声でイドがクリエの発言を遮ると、この場にいる誰もが息を呑むのがわかった。

笑みを浮かべていないイドの真顔はゾッとするほど美しくて、まるで神殿で見る彫刻のようだ。その美しさに気圧されたようにクリエは言葉を失っていた。

「ハーレムから解かれたお前は一介の国民に過ぎない。市井の者が国王のものに手を出してただで済むと思ったのか？」

座りこんだユウリから切り離すようにイドが前に立ち塞がり、クリエが自然と後退る。

さっきまでひどく大きく見えていた体を縮めて怯えているクリエが、なんだか可哀想《かわいそう》に思えてきてしまう。向けられていた殺意は本物だったし、イドが現れなければ今頃ユウリはここで息もしていなかっただろうけれど。

「二度と宮殿に立ち入るな。お前はもう、俺とは無関係だ。未来永劫《えいごう》、俺の視界に入ることを許さない」

「……！」

イドの体で陰になったクリエがしゃくりあげるような声をあげると、たまらなくなってユウリは思わずイドの背中に手を伸ばした。

さっき、ライオンに殺されかけたばかりなのに。

「イ、イド……そこまで言わなくても」

まだ震えそうになる膝を叱咤《しった》しながら立ち上がって言いかけた時、クリエが踵を返して走り去っていってしまった。

同情の余地などないはずだけれど、それにしたってイドの言い分も酷だ。

もとは自分のハーレムの一員だったのだし。

「だ、……第一、ハーレムを解散したってどういう——」

そうだ。そもそも諸悪の根源はイドなんじゃないのか。それなのにあんな言い方しなくても。

振り向かせて説教してやろうとしてイドの肩に手を伸ばすと、ユウリの手が触れるより先に目の前の背中が翻った。

「！」

こちらを向いたイドの顔を振り仰ぐ隙もなかった。

乱雑に肩を抱き寄せられて、目の前が真っ暗になる。

さっき死を覚悟した時のような真っ暗な気分ではなくて、文字通り、視界が塞がれる。イドの胸を顔に押し付けられて。

「悪い」

頭上から聞こえたイドの声は、強張っているように聞こえた。

イドはいつも適当に悪い悪いと謝るけれど、それとはまったく違う。胸の中に直接触れられているような、染みこむ声だ。

「任を解かれたメスの矛先があんたに向くとは思わなかった」

「……ハーレムを解散したっていうのは、本当なんですか？」

イドの手が緩んだのを感じてユウリが息を継ぐために顔を上げると、見上げたイドの表情はいつも通りに戻っていた。

こちらを馬鹿にしているのかと思うような、余裕のある、緊張感のない表情。まるでさっきと同じライオンとは思えない。

顔の造形の良さは、変わらないけれど。

「あんたが解散しろって言ったんだろう」

「だからって……！」

ユウリが言ったのは、自分を番にするなら、という話だ。

クリエは嫁、とも言っていた。

頭が混乱して、返す言葉を失う。

イドがハーレムを解散したということは、ユウリが番——嫁になる、ということだろうか。なんの承諾もしていないのに。

「……まあ、これからは俺から片時も離れないことだな」

頭痛がしてきて額を押さえたユウリの髪を撫でて、イドが大きく息を吐く。

まるで、ユウリに何事もなくて安堵したとでもいうように聞こえた。

人質として寄越されたユウリの命の保障なんて、する必要はないはずなのに。

「それは……ええと、非常食として……とか」

クリエの言っていたことを信じるなら、やっぱりライオンがうさぎを食べるということはあり得るのかもしれない。

そう思うのに、イドに抱き寄せられたまま緊張もしていない自分が信じられない気分だけれど。

「あんたなんか非常食になるか。もう少し太れよ」

ふはっと息を吐き出すように笑ったイドがユウリをまた抱きかかえようとするので、その腕を押さえて足を踏ん張る。その抵抗すらイドの腕力の前では無意味なんだろうけれど、イドはあっさり諦《あきら》めて、子供みたいな笑い声をあげる。

「俺はこの国の王者だ。食べ物に困ることなんてあり得ない」

「そんなのわからないでしょう」

実際、クローヴァ王国以前のうさぎたちは悪天候が続いて農作物が思うように収穫できず数を減らしたと言われている。その結果、人間たちと力を合わせて建国することになったのだし、ライオンにだって何が起こるかは誰にもわからない。

ムキになって言い募ろうとした時、またイドの大きな掌がぐしゃぐしゃと掻きまぜるようにユウリの髪を撫でた。

「万が一この世界から食料がなくなったって、あんたを食ったりはしないから安心しろ」

そう言って笑ったイドの顔は、まるで太陽みたいにユウリの心の中に暖かく差してくるようだった。

どうして、という言葉が喉まで出かかって、消えていく。

ハーレムを解散した理由も、ユウリを守ってくれた理由も、何ひとつわからないのに。

理由を問いただそうとすると胸が苦しくなって、何も考えられなくなってしまった。

アッティーカ王国に来て以来、ユウリには分不相応なほど大きな部屋と、ベッドが与えられていた。うさぎとライオンでは体の大きさが違うというのも理由のひとつだけれど、そうでなくてもここは国王の暮らす宮殿で、アッティーカ王国は豊かな国だからだ。

ユウリは自分のために用意された東の寝所という部屋に十分満足していた。「人質」にこんな立派な部屋を用意してくれたことには感謝してもいいと思えたほど。

しかし。

「ユウリ、まだ寝ないのか」

イドの眠たげな声が高い天井に響く。

彼が寝そべっているのはユウリが上質で十分な広さがあると思っていたベッドよりも数段上等で、大きなベッドの上。

吊り下げられた天蓋《てんがい》はユウリが見たこともないくらい煌《きら》びやかで、触れると蕩けるように滑《なめ》らかな布だ。初めて触れた時はいったい何でできているのかと啞然《あぜん》としてしまった。

寝具も、とり族を束ねる長から献上されたという羽毛の詰まったものだという。クローヴァの春の気候のように暖かく、花弁を纏っているかのように軽い。それに包まれたら最後、気を失うようによく眠れてしまう。

　ユウリはその、国王のために誂《あつら》えられたはずの寝具で既に何度か眠ってしまっていた。瞬きの間に眠ってしまい、気が付くと朝になっていて、自分の体にまで羽が生えたのかと思うほど疲れがよく取れる。

　クローヴァ王国の王でさえこんな上等な寝具を使っていないだろう。

　寝具だけじゃない。

　この部屋は東の寝所とは比べものにならないほど広くて窓も大きく、床には短い毛の生えた敷物が敷かれていて――これはすべて職人の手作業による織物だというのだから驚いた――趣味が悪いほど華美というわけではなく、とにかく圧倒されるほどの豊かさを突き付けられる気分だ。

「何度も申し上げていますが、僕があなたのベッドで休むのはどう考えてもおかしいでしょう」

――そう。

　ここはこの大きな宮殿の中でも特別立派な、イドの私室だ。

　ユウリはクリエに襲われて以来、東の寝所ではなくイドの私室で寝泊まりするように命じられていた。

　寝泊まりだけじゃない。

　朝はともに遅い朝食をとり、執務の間も、昼食も、午睡《ごすい》の時間も、またこの部屋で休む夜になるまでずっと――あの時イドが言った通り、片時も離れることはない。

どちらかが用を足そうとする時でさえシムの見張りをつけられ、まるで犯罪者にでもなった気分だ。

「別におかしいことはないだろ。この部屋には寝具はひとつしかないし、この寝具は上等だ。あんただってよく知ってるだろ？」

イドは肘を立てて掌に頭を乗せた格好でこちらを見てはにやにやと笑っている。

この数日間、毎日のように抗《あらが》っているのに結局その温かさに包まれて眠ってしまっているのだから、自分でも無駄な足掻《あが》きだと思う。

幸いなことにベッドは本当に広くて、まかり間違っても眠っている間にイドと体がぴたりとくっついて離れないなんてことはない。つまり、変なところを触られる心配はない。

それでも、番だの嫁だのと言われて、自分の一言が原因でハーレムまで解散されて、こんなにも一日中一緒にいるなんておかしい。

まるで本当に、番にでもなったみたいだ。

「僕は上等なベッドじゃなくて構いません。別にこの床でだって眠れるし」

「まさか国賓を床で寝かせるわけにはいかねえだろ」

「国賓と同衾《どうきん》しようとしないでください！」

ユウリが声を荒らげると、イドは屈託なく笑って「まったくだな」と言う。

何を言ってもまるで響かない。彼が何を考えているかもわからないし——どうしてハーレムを解散させたのかも、結局聞けずにいる。

「……本当に、あなたって人は……」

ユウリが唇を尖《とが》らせてつぶやくと、ベッドからイドの大きな欠伸が聞こえてきた。昼間も庭の木陰で居眠りをしていたくせに。

「何か言ったか？　もっとこっちに来ないと聞こえないぞ」

ごろんとベッドに仰向けになったイドが、大きな掌を擡げて雑に手招く。

そんな呼び方でユウリが近付くとでも思っているのだろうか。あるいは今まで、彼に招かれて拒む者などいなかったのかもしれない。

「なんでもありません！　僕はあなたが嫌いだと言ったんです！」

返事は、無邪気な笑い声だけだった。

本当に嫌われているとも思っていないんだろう。

イドがそう思うのも当然だ。

このままイドが眠りこけてしまえばユウリはそっと部屋を後にして逃げ出すことだってできるのに

――きっと今夜も、イドの寝息を聞きながら同じベッドに潜り込んでしまうのだから。

＊　＊　＊

「しかし、困ったな」

イドのぼんやりしたつぶやきに振り返ると、大きな木を切り出して作られた執務机に頬杖をついた国王は眠たげに尻尾を揺らしていた。

とても熱心に執務を行っているようには見えない。

傍らについたシムが、大臣から提出された書類を丁寧に仕分けながら気遣わしげな顔を上げる。

執務室の隅に置かれた、これはあんた用だとわざわざ用意されたカウチに腰を下ろしたユウリも、ハイエナ討伐のことで行き詰まりでもあったのかと思わず耳をそばだてた。

膝の上に広げたアッティーカ王国の歴史書に向けていた集中力は、すっかり途切れてしまった。

「こうもユウリと一緒にいなきゃいけないとなると、ユウリの好きな果物とやらを取りに行けなくなるな」

「は」

声を漏らしたのはユウリだけだった。

シムはいつものように静かにイドの声に耳を傾けている。

いったいシムの耳にはイドの言葉がどんな風に聞こえているんだろうかと尋ねたくなる時がある。まるで神のお告げでも聞こえているんじゃないだろうかというくらい、いつも神妙な顔をしているものだから。

「いや……僕が一緒にいてくれとお願いしたわけじゃ」

呆気に取られたままユウリが思わず言い返すと、シムの鋭い視線が突き刺さった。口を噤んで、カウチの背凭れに身を隠す。

確かに、イドは自分の元ハーレムのメスたちからユウリを守るために四六時中片時も離れずに一緒にいてくれているらしいのだから、ユウリはありがたがらなければいけない立場なのだろう。

しかし、そもそもイドがハーレムを解散させなければメスが殺気立つ必要もなかったはずだ。

それにイドがちょっと出かけているくらいの間はシムがそばにいてくれたら安全という気もする。シムはイドの側近ではあるけれど、護衛じゃない。イドが任せると言えばシムはユウリを守るだろうし、果物を取りに行く時間くらい離れていたっていいようなものだ。

別にそこまであの果物が食べたいというわけじゃないけど、寝ても覚めてもユウリから絶対に離れてはいけないという状態はイドだって息苦しいのじゃないだろうか。

「ユウリ様」

カウチに身を沈めてそっとため息を吐いたユウリは、背後から聞こえてきたシムの渋い声にぎくりとした。

「す、すみません。イド様のご厚意でそばに置いていただいているというのに」

イドを神のように崇《あが》めているシムのことだ。一緒にいてくれとお願いしたわけじゃないだとか、果物を取ってきてほしいととられるような発言は不快だっただろう。ユウリはカウチを立ち上がって頭を下げようとしたが、シムの表情は想像していたような苦い顔ではなかった。

「いえ。ただ、あの果物は――」

「シム」

一瞬、イドの声がざらついたように聞こえてユウリは耳を震わせた。

聞き間違えではなかったようだ。言葉を遮られたシムは視線を伏せて短く頭を下げ、それきりユウリに何も言わなくなった。

あの果物がいったいなんなのか、聞きたくてもうかつに尋ねられる空気じゃない。

どうしても食べたいというわけじゃないし、なんならあの果物の甘さは――その後に体を触れられたことを思い出させる。とはいえ、隠されていると無性に気になる。

「無駄口を叩いてないでさっさと承認書の続きを寄越せ」

「かしこまりました」

さっきまでの話などなかったような顔でイドが腕を伸ばすと、シムがかかえていた書類を一枚ずつイドの前へ滑らせていく。

「こちらは海への遠征にかかる予算の承認、次にとり族との会議の日取りです」

「ああ」

イドはシムに差し出されるまま、書類を一瞥もせずにぽんぽんと拇印《ぼいん》を捺《お》していく。

シムのかかえている書類は山のようだし、それをいちいち確認していたら確かに今日一日では終わらないかもしれない。

「事務官の宿舎を増設する予算議決書、きりんの王の成婚祝いの贈答品……」

いくらイドに命じられて執務室にいるだけとはいえ、他国の執務内容に聞き耳を立てるなんて問題のあることだし、ましてや口を挟むなど――

「はい、次」

しかし、シムが読み上げるよりも早く、承認印が捺されていくさまは、まるでイドがカード遊びでもしているかのような素早さだ。

「ちょっ……！」

思わずユウリは歴史書をカウチに伏せて、イドの執務机に向かって身を乗り出した。

顔を上げたのはイドだけで、シムは素知らぬ顔で次の書類を手に取る。

「国民からの嘆願書《たんがんしょ》がこちら、それからハイエナ討伐の日取りを――」

「ちょっと待ってください!!」

風が本のページをめくるよりも早くイドの手元へ書類を滑らすシムの声を遮ってユウリが腕を伸ばすと、さすがにシムも何事かというように顔を上げた。

飛びつくようにしてイドの手首を掴み、まずは拇印をやめさせる。

「……ユウリ様」

低く呻《うめ》いたシムの言いたいことはわかる。

いくら国賓といえど、イドの体に無断で触るなと言いたいんだろう。それを言うならイドのほうがユウリに軽率に触りすぎているのだけれど、今はそれはいい。

「そんな大事な書類に、目を通さなくていいんですか」

ユウリは自分にできる限りの低い声で、シムとイドを交互に見て尋ねる。

イドは手首を掴まれたことなどなんとも感じていない様子で、相変わらず眠そうな顔だ。

「執務官が事前に確認しています」

「それってシムではないですよね」

シムならばいいというわけでもないけれど、国王が何も見ずに承認を与えるなんてユウリからしてみたら信じ難い。

失礼、と先に一言詫びてイドの手の下から書類を一枚引き抜くと乱雑な文字はまるで走り書きのようで、予算の数字すら判読が難しい。

「……国王の仕事は拇印を捺すことじゃありません」

ユウリがわなわなと震える手で他の書類も手繰《たぐ》り寄せている間も、イドは大きな欠伸をしてどこ吹く風といった様子だ。

既にイドの拇印が捺された予算報告書も数字の桁数《けたすう》がおかしい。嵩《かさ》増しされているならば大臣の悪《わる》企《だく》み――それも杜撰《ずさん》としか言いようがないけれど――だが、妙に少ないものもある。一枚の予算報告書の中で計算が合っていないものが多すぎる。中には途中で寝てしまったのじゃないかというくらい唐突に終わっている報告書もあった。

「イド！」

ユウリが耳をぴんと立てて大きな声をあげると、イドが悪びれもなく眠たげな視線を向けてくる。

シムは何か――イド様だ、と――言いたげにしていたけれどユウリは無視をした。

アッティーカ王国は立派な国だというのに、こんな執政では駄目だ。ライオンが強い種族だからここまで何事もなく国を維持できていたのかもしれない。こんな書類、クローヴァ王国では考えられない。

予算だって物資の管理だって、足りなくなったら無理やりつじつまを合わせてきたのだろうけれど――しっかり書類が作られれば、もっと国力だって増すはずだ。

ユウリは握りしめたイドの太い手首にぎゅっと力を込めて、金色の目を睨みつけた。

「……これから、書類は僕が確認します。いいですね」

有無を言わさないユウリの声に、イドは短く鳴くように答えた。


「こちらの予算報告書ですが、しっかり金額を確認して再度提出をお願いします」

木目《もくめ》の美しい円卓に並べた書類の山。

ユウリが一枚ずつ予算報告書を広げると、それを囲んだライオンたちはユウリの書きこんだ文字には見向きもせず視線を交わし合った。

「そんなもん適当でいいだろ、今までだってねずみたちがなんとかして――」

「記録がないのでわかりませんが、メメルタ国の方々が銅貨を少なく納めていたという可能性は？」

「ああ？　そんなことわかったらライオンに丸呑みされんだぞ。肝《きも》のちいせえアイツらがそんなことできるかよ」

強面《こわもて》の大臣たちがどっと笑う。

その笑い声の大きさだけでユウリは思わず竦みあがりそうになった。その肩に、背後に座っていたはずのイドの腕が回される。

「まーでも、お前らねずみどもから納められた銅貨の数も確認しちゃいないもんなあ」

ユウリの後ろから予算報告書を覗き込んだイドがちらりと大臣たちに目を向けると、笑い声はぴたりとやんだ。

皆、顔を見合わせて、首を竦めている。

「なんなら渡された金の内の何枚か、誰かが抜いてたって気付かないんじゃないか」

イドが舐め回すように議場を見ると、ただでさえ頭に血の上りやすい大臣たちが気色《けしき》ばむのが空気でわかった。

「なんだとてめえ、そんなことしてやがったのか」

「ンなことしてねえ！」

「してねえって証拠がどこにある！」

比較的若いライオンとしゃがれた声のライオンが立ち上がったのを見て、ユウリは自分なりに力いっぱい円卓を叩いて注意を向けさせた。

「——だから、書類が必要なんです」

渋い顔で腕を組んだ大臣たちが、不満そうに口を歪めてユウリをじろりと見る。

その険しい顔つきに震えあがりそうになるけれど、背後にイドがいるのだから——食われることは、ないだろう。多分。

　ユウリは大きく息を吸って胸を張り、大臣たちをもう一度見渡した。

「書類がちゃんと書かれていたらそれが証拠になるので、メメルタ国の財務大臣も正しい金額を納めなければならないし、アッティーカ王国に入ってきたお金もしっかり管理できます。銅貨の出納《すいとう》はしっかり記録しましょう」

　こんなこと、クローヴァ王国では小さい頃に教えられることだ。

　でもそれは人間の知恵だったのかもしれない、と今なら思う。アッティーカが力頼りで野蛮なのではなくて、人間が賢いだけなのかもしれない。

　そもそも銅貨を流通させたのも人間が最初だったという話だから。

「それから、ハイエナ討伐の件ですが」

　予算報告書を横によけてユウリが新しい書類の山に手を伸ばすと、一度は静まった大臣たちが顔を見合わせて苦笑を浮かべ始めた。

　うさぎのユウリがハイエナ討伐の話をするのがおかしいんだろう。

「クローヴァ王国の近くの森に置かれるという拠点についての進捗《しんちょく》状況を説明してください」

　大臣たちのことはよく知らない。ただ、隣で顎をしゃくったイドの視線の先で背筋を伸ばした痩《や》せすぎのライオンが軍事担当なんだろう。

「あ、ああ……それなら、ある程度完成したという話を聞いてる」

「では、既に騎士団は向かっているんですか？」

ユウリが聞くと、また大臣たちがどっと笑った。

「ユウリ。ウチじゃ騎士団なんて言わねえんだ。軍隊」

イドが耳打ちする。そのイドも、少し笑っているような気がするけれど——ユウリは咳払いをすると、ハイエナ討伐の予定が記された進軍予定書を掌で叩いた。今度は、ユウリが少し机を叩いただけでは笑い声はやまない。

「軍隊は向かっているんですか、答えてください。この予定表では既にハイエナの根城に到着しているはずですが」

「そんな予定通りに進まないのが戦争ってもんなんだよ」

「うさぎにはわからんだろ」

体を揺らして笑いながらライオンたちが口々に揶揄の声をあげる。

さっき予算報告書のことで黙らされた反動かもしれない。全員がそれぞれに好き勝手に話し始めて、ユウリの声など聞く素振りもない。

「うさぎは戦争なんかしたことないだろう」

「戦うのは、人間の兵隊なんじゃないのか？」

「いや、騎士団サマだってよ」

また場内が笑い声で揺れる。

ユウリが口を開いて一度噤むと、肩に回されたイドの手の力が強くなった。その威《い》を借りるつもりはないけれど。

「――……そんなこと言って、まさかハイエナの群れに怖気《おじけ》づいてるわけじゃないですよね」

イドが何か言おうとするのを遮って、低い声でつぶやく。

大臣たちが一斉にこちらを振り向いた。

その殺気立った視線に、耳が毛羽《けば》立つのを感じる。だけどおそれていることを悟られないためにも耳を伏せてしまうわけにはいかない。

ユウリの肩に触れているイドにだけは、体の震えに気付かれてしまっているかもしれないけれど。

「大臣の皆さんは現場の様子を正確に把握しているんですか？　上空を見張らせているとり族から上がってくる報告を鵜《う》呑みにするだけですか？」

「とり族が俺たちを欺《あざむ》いてるとでも？」

笑われている間のほうがよほど良かった。低く唸るようなライオンの声はユウリを本能的に怖がらせる。だけど、ここでイドの後ろに隠れてしまうわけにはいかない。

舐められたら、終わりだ。

「さあ。僕はとり族とアッティーカの間でどのような契約が交わされているのか知らないもので。……まさか契約を交わしていないとは言いませんよね？」

精一杯の力を振り絞ってユウリが口角を上げて場を見回すと、ライオンたちが視線を交わし合っている。お前がやったんだろう、いやお前が、と責任を押し付け合う声なき声が聞こえるようだ。

とり族を偵察として使うのはアッティーカ王国の古くからの習わしらしいけれど、とり族だってただの道具じゃない。生きている以上、彼らになんらかの思惑があったっておかしくはない。

「契約書がなければとり族が裏切ったところで——その裏切りを証明することもできない。今までは信頼関係だけで成り立っていたのかもしれませんが、討伐の予定が著しく遅延しているならどこかにほつれがあるということです。何が原因なのか、ひとつずつ疑ってかからなければいつまでも討伐なんてできません」

痩せ細ったライオンが不満そうに口を開きかけて、すぐに噤む。何か意見があれば聞こうとばかりにユウリがそちらを向くと、ライオンはぎくりとしたように顎を引いて黙ってしまった。

「アッティーカ王国は強い国ですが、一日の大半を寝て過ごしているでしょう。ハイエナはこれから建国して、大きくなっていくつもりかもしれません。そういう発展途上にある集団のほうが成長のスピードが速いです。うかうかしている場合ですか」

「ははっ」

静まり返った場に割って入るように、イドが笑い声をあげた。

ユウリが睨みつけても、さすがにイドは他のライオンのようには黙らない。

「お前ら、ユウリに言われ放題だな」

「イド様ぁ……」

どこからともなく情けない声があがるとイドはますます上機嫌そうに鼻を鳴らして、ユウリの肩を離してどっと椅子に身を沈める。

大きな掌から解放されて窮屈さがなくなると、少し心細いような気がした。ほんの少しだけ。イドなんて体温が高くていつでも距離が近くて、そばにいたって暑苦しいだけなのだけれど。

「まずは、今一度ハイエナの状況をとりの皆さんに確認してもらいましょう。これまで依頼していたハヤブサ族よりも……そうですね、目のいい、たか族の方に協力をお願いできるといいのですが」

「ああ、それならツテがある」

さっきまでうさぎがうさぎがと笑っていた白髪交じりの大臣が手を挙げる。

「では、すぐにお願いしてください。実際にクローヴァの森に行ってもらう前に契約書を作成して交渉しておく必要があるので」

ユウリが言うと、大臣が肯いて席を立つ。

すぐにたか族と連絡を取ってくれるのかもしれない。

円卓を包む空気が明らかに変わっているのを感じて、ユウリはさっきまでとは違う緊張感を覚えていた。

「軍隊は？　すぐに行かせたほうがいいよね」

手を挙げて発言したのは、体軀のいい若いライオンだった。

淡い茶色の髪を後ろに流して、甘い顔立ちをしている。

「そうですね。向こうで待機することになるかもしれないので、食料は多めに持って行ってください。クローヴァでできる支援は、アッティーカの皆さん向きではないかもしれませんから」

もう、食料に困ったらうさぎを食えばいいなんて揶揄する声はあがらない。

「わかった。今夜にでも発《た》たせることにするよ」

若いライオンは大きく肯いて、手元の紙へ何か書きつけたようだった。

他の大臣たちも腕を組んでユウリの次の言葉を待っている。ユウリは内心ほっと息を吐いて、ハイエナ討伐に関する書類を揃《そろ》えた。それに軍事担当大臣が手を伸ばして、まとめ直しますと小さく応じる。

ユウリがよろしくお願いしますと頭を下げた時、背後でイドが鼻を鳴らした。

馬鹿にされたのかと思って振り返ると、イドが誇らしげに口端を上げて両腕を広げている。

「やっぱりユウリは面白いな」

なんですかその広げられた両腕は、と視線でめいっぱい伝えているつもりだけれどイドはまったく意に介した様子はない。

まさかユウリがその腕の中に自分から収まるなんてことはないし——まるで、ユウリを他のライオンたちに見せびらかしているようにも見える。

「いいだろ？　俺の花嫁」

「は？」

反射的に声が出て、それを待ってましたとばかりにイドが顔を押さえて笑い声をあげると、周囲の大臣たちが驚いた顔でこちらを見ているのがわかった。けれど、そっちを振り向く勇気はない。

嫁だなんて、イドの口から聞いたのは初めてだ。

大臣の前でそう言ってみせることで他のライオンたちからユウリが襲われないようにしてくれたのかもしれない。ハーレムに対しては逆効果だったけれど、オスに向かってあれは番だと言えばただの食糧じゃないと思わせることができるのかもしれない。

番だの嫁だの、ユウリは一度も承諾した覚えはない。

イドだってただ気が向いた時にそう言っているだけだし、ただの方便でしかないのだから——顔が熱くなってしまうユウリがおかしいんだろう。

いっそのことイドの非常食と言われたほうがよっぽどマシだ、と心の中でつぶやいて、ユウリはわざと大きくため息を吐いてみせた。

「はぁ……」

会議を終えて部屋を出ると、どっと疲れが押し寄せてきてユウリはイドの陰で大きく息を吐いた。

最終的には大臣たちもおとなしく話を聞いてくれたから良かったようなものの、本当に緊張した。

「お疲れ」

イドはなんだかやけに上機嫌でにやにや笑っている。

「笑い事じゃないです、あなたがしっかり国王としての責務を果たしていればこんなことにはならなかったんですから」

「いや、さすが旧王族の出というだけあるな」

「……！」

そう言われると、耳がピンと立ってしまう。

おだてようったってそうはいきませんと言いたいのに、こんなに耳が立ってしまったら隠しようがない。

「ま、まあ僕も小さい頃から帝王学は一通り学んでいますので……」

ずっと、こんなこと学んだってうさぎがまた国王になる日はないのに、と思っていたけれど。

こんな風に活かせる日が来るなんて。安堵した気持ちとあいまって心がぽかぽかと温かくなっていく。ユウリは思わず緩みそうになる頬を書類の束で押し隠した。

「そりゃ心強いな。これでいつでもアッティーカ国王妃になれる」

「！　だから、さっきからそれはなんなんですか!?」

気安く肩に置かれた手を振り払ってイドを振り返る。

噛みつくように尋ねると、イドは相変わらず笑っていた。今は周りに誰もいないし、そんな嘘で牽《けん》制《せい》する必要もないのに。

「いっつもあなたは番だのなんだのって――」

問いただすなら今だとばかりユウリがイドに詰め寄ろうとした時、さわやかな声がその背中を叩いた。

「ユウリ様」

振り返ると、笑顔で手を挙げていたのはさっきの甘い顔をした若いライオンだった。

軍隊を指揮している――クローヴァで言うところの騎士団長のような存在なのかもしれない。そう思って見れば本当にしっかりとした体躯をしている。

「なんだ」

返事をしたのはイドだった。

ユウリの肩を引き寄せようとするイドの手をそれとなく押し返す。

「なんだ、はないでしょ」

険しい顔をしたイドに、ライオンはからりと笑う。

ちょっと驚いた。確かにこの国の大臣たちはイドに対してあまりかしこまった態度を取らないけれど、彼の態度は他のどの大臣よりもずっと親しげだ。

もしかしたらイドが玉座に就く前からの友人とか――ユウリが丸い目を瞬かせながら若いライオンとイドを交互に見ていると、彼は胸に手を当てて小さく頭を下げた。

「申し遅れました、リドと申します」

「ゆ……ユウリ・ハインドマンです」

ユウリも頭を下げる。再び顔を上げると、リドが人懐こい笑みを浮かべてこちらを見ていた。

思えばこの国に来た時、大臣たちもイドもユウリに挨拶らしい挨拶をしてはくれなかった。今は文化の違いかと思いこそすれ、やはりこうして礼を尽くされると悪い気はしないものだ。

何より、こんなにきちんとしているオスのライオンがいるんだと思うとほっとする。

「用は済んだか？　行くぞ、ユウリ」

大きくため息を吐いたイドがユウリの腕を引く。その手を剝がそうとしてもびくともしない。

「ちょっと、僕はモノじゃないんですよ……！」

引きずられそうになりながらも踏ん張ってイドに恨み言を吐くと、背後から笑い声が聞こえた。

「ああ、ごめん。大した用があるわけじゃないから、別に俺のことは気にしないで」

リドが困ったように眉を下げて笑うと、それこそ執務室に戻ったところでうたた寝をするくらいしか用のないイドが腹立たしく思えてくる。

イドにとってはこの国の大臣たちは勝手知ったる相手なんだろうけれど、ユウリにとっては知らない顔ばかりだ。会話をすることでしか関係は構築されない。

別にこの国をどうこうしようというつもりはないけれど、せめて滞在している間だけでも他のライオンと交流してもいいはずだ。

そのことをくどくどと説明してやろうかと口を開きかけた時、リドがにっこりと笑った。

「俺はただ、兄さんが嫁とか言い出すから気になって声をかけただけだから」

「に」

兄さん。

ユウリは思わずぽかんと口を開けてイドとリドの顔を交互に見た。

不機嫌そうな顔のイドと、さわやかに笑っているリド。

似ていると言われれば似ているかもしれない。どちらも目鼻立ちのはっきりとした整った顔をしているし、イドだって無邪気に笑っていれば甘い顔になる。

「兄弟……」

噛み締めるようにつぶやいて感嘆《かんたん》の息を漏らすと、イドがまた乱暴にユウリの腕を引いた。

咄嗟のことで踏ん張りがきかずにどっとイドの胸に倒れこむと、がっしりと強い力で肩を押さえられて拘束されてしまった。

「イド！」

「これは俺のものだ。お前には関係ない」

「関係がないってことはないでしょう！　だいたい僕はあなたのものではないし」

肩を摑んでいる手をユウリが力いっぱい叩いて反撃しても、ともすればそのままかかえ上げられて連れていかれそうな強さがある。

せっかくイドの弟が声をかけてくれたっていうのに。

すみませんと謝ろうとしてリドに顔を向けると、彼は大きく口を開けて笑い声をあげた。

「あははっ、兄さんは相変わらずだなあ」

無邪気な笑い方はやっぱりイドに似ているようで、弟というだけあってイドよりも少し幼いように見える。

彼はユウリが今まで会ったオスのライオンの中では一番雰囲気が柔らかくて、メスと話しているような気安さを感じた。まだほんの少し言葉を交わしただけだけれど。

イドと同じくらい体が大きくて強そうなのに、不思議なものだ。

――と、リドの屈託のない笑顔を見ていた視界が真っ暗になって、ユウリは目を瞬かせた。

イドの大きな掌で目を塞がれている。

「っ、ちょっとイド……！」

「じゃあな」

視界を遮るものを剝がそうとして手を上げると、心配していた通りそのままかかえ上げられて地面が遠ざかる。

ユウリがいくら足をばたつかせてもイドはものともしないでのっしのっしと歩いていくだけだ。

「イド！　降ろしてください！」

文字通りもののようにかかえられて歩いているところなんて、もしシムの子供たちにでも見られたらどうするつもりなんだ。情けないし恥ずかしいし、何よりも一国の王ともあろうライオンが腕力にものを言わせてユウリをさらっているみたいだ。いや、それは果たして真実なんだけれど。

ユウリがどんなに叩いて必死に訴えてもびくともしなかった腕が緩んだのは、議場からしばらく遠ざかってからのことだ。ようやく地に足がついてほっとしたユウリが辺りをどんなに見回しても、リドの姿はない。

「………」

乱れた髪と耳の毛を整えて、恨みがましくイドを仰ぐ。イドは涼しい顔でユウリを見下ろしていた。

「あんな奴を構うな」

「なんですか、それ。別に僕が誰と話そうと自由でしょう。僕は名目上は国賓なんだから、行動を制限される筋合いはないはずです」

それこそリドがユウリを手引きしてクローヴァに逃がす恐れがあるなら文句を言われるのもわからないではないけれど、今までユウリはどんなに他のライオンと話したってアッティーカを去りたいと持ち掛けたことなどない。ルシアや他の使用人たちが証明してくれるだろう。ハイエナ討伐さえ終われば帰れる身なのだし、別に今のところそこまでこの国が嫌だと思ってはいない。

それに、身の安全はイドが保障してくれているのだから。

「お前は俺のそばにいればいいんだ」

イドは怒ったように短くそう言って、踵を返す。

背を向けたイドはユウリがその後ろをついてくると疑っていないように歩いていってしまう。

俺のそばにと言われても、リドがクリエのように危害を加えてくるわけでもないのに。

どうして、と尋ねる言葉が喉元まで出てきて、ユウリは慌ててそれを飲み込んだ。

なんだか体の奥がむずむずとする。

イドの勝手でわがままな振る舞いには腹が立っているはずなのに。

——なんだか、やきもちを妬《や》かれているような気がして。

＊　＊　＊

遠くの小高い丘に大きな木が立っている。

そのそばに影がある。たか族の側近たちだ。

ユウリはあんな遠くからでもこちらがはっきり見えているだろうたか族の豆粒のような姿に目を凝《こ》らす。もちろん、顔つきはおろかオスなのかメスなのかさえわからない。

たか族に連絡を取ってくれると言っていたライオンはその後すぐに使いを走らせたらしく、交渉の場はすぐに設けられた。

彼らの代表は今イドと会談中で、万が一のことがあればたか族の翼ならあの距離から一瞬でこの宮殿まで助けに飛んでくることができるようだ。

協力関係にあるとはいえ、どちらも獰猛《どうもう》な種族だ。緊張に包まれた会談は国王以外の誰も寄せ付けず、ユウリもシムの監視のもとで放り出されてしまった。事前に契約書の作成には協力をしたから、不備はないはずだ。

それにしても、イドから解放されるのはいったい何日ぶりになるだろう。

「んん……」

ユウリは涼しい風の吹く木陰で大きく伸びをして、新鮮な空気を胸いっぱいに吸い込んだ。

イドと一緒にいて息が詰まるということはないけれど、二人きりになるとやたらとべたべたとくっついてくるし、また変なところを触られでもしないかと警戒しているせいでやっぱりどこか落ち着かない。

最近は、寝る時も少し距離が近い気がする。

ユウリは今朝方ベッドの中で見たイドの無防備な寝顔を思い返して、耳の先を震わせた。

ようやく解放されていい気分なのに、わざわざイドのあどけない寝顔を思い出すなんてばかばかしい。ただでさえイドのことを考えると胸の奥がむずむずして変な気分なのに。

多分今頃イドは、たか族の首領を前にして国王らしい表情をしているのだろう。

「……？」

しているだろうか。

あまりにも想像がつかなくて、思わず首を傾げてしまう。と、その時。

「ユウリ様」

軽やかに風に乗ってきたさわやかな声。振り返ると、リドが穏やかな笑みを浮かべて手を振っていた。

少し離れた場所に立っているシムがこちらに駆けよって来ようとするのを、ユウリが手で制する。

イドは弟を邪険にしていたようだけれど、そんなことにまでシムが従う必要はない。

「こんにちは」

もの言いたげなシムから視線を戻すと、大きな体を屈めたリドが胸に手を当てて礼儀正しく頭を下げる。ユウリは慌てて立ち上がって、その仕草を真似た。

アッティーカ王国の正式な挨拶なんだろうか。見よう見真似で頭を下げたユウリが顔を上げると、リドが顔をくしゃくしゃにして笑っていた。

なんだか恥ずかしい。

「こんなところでどうしたの？　ひなたぼっこならもっと良いところがあるのに」

リドはあっち、と陽の当たる場所に出されたテーブルセットを指す。国賓のはずのユウリが地面に座りこんでいるなんておかしいと思われたんだろう。

けれど、ユウリは肩を窄《すぼ》めてゆるゆると首を振った。

「僕は強い陽射しに当たると肌が赤くなってしまうので」

首の後ろに触れて苦笑を浮かべる。いつかの日焼けの痛みはルシアのおかげですっかり良くなったけれど、もう二度とあんな思いはこりごりだ。

「ああ……アッティーカの陽射しは強いからね。他の国から来たユウリ様にはここで十分なのかな」

日向《ひなた》と日陰を見比べたリドが、自身の顎を触りながら納得したように小さく肯く。

仰いだリドの姿はすらりとしなやかで背も高く、アッティーカのメスたちにはさぞかし人気があるんだろうなと思わせる凜《りん》とした美しさがあった。

「……リド様は、他の国に行かれたことがあるんですか？」

アッティーカの陽射しは確かに強い。

だけど、アッティーカしか知らなければそれはあまりわからないことかもしれない。実際、ユウリはここへ来るまでクローヴァの陽射しが特別柔らかいものだと思ったことはなかったから。

「そうだね、従軍することもあるから。……待ってて、今椅子を持ってくるよ」

「えっ」

大丈夫だと口を開く前に、リドは軽快に走ってテーブルセットのもとまで行ってしまった。

誰のために置かれているものかはわからないけれど、華奢な細工でできた椅子をかかえたリドが、あっという間に戻って来る。

「お待たせ」

一脚だけ持ってきた椅子の座面を掌で払ったリドはどこか誇らしげにも見える顔で微笑んで、ユウリに差し出す。

なんというか、弟として育ってきたんだろうなと思わされる天真爛漫《てんしんらんまん》さを感じてユウリは思わず噴き出してしまった。

「ありがとうございます。でも、リド様のぶんは……」

「俺は立ってるから平気。それに、リドでいいよ。兄さんのこともイドって呼んでたでしょ？」

心なしかリドが声を潜《ひそ》めたのは多分気のせいじゃないだろう。

会話が聞こえているかどうかはわからないけれど、シムに聞かれたら睨まれてしまうことをリドも知っているのだ。

ユウリは肩を震わせて笑った。

「わかりました。では僕のこともユウリ、と」

見上げたリドが肯いてにこりと笑う。

ほっとするような笑顔だ。

ここへ来るまでライオンはみんな野蛮だと思っていたけれど、ルシアを始めとするほとんどのメスたちはみな強くて優しいし、顔に傷があるような年輩の大臣たちだって話せばわかる、ということがわかった。

それに、リドのようなライオンもいるのだ。

どんな国の種族も実際に話してみないとわからない。

——ハイエナもそうなんだろうか。

「兄さんたちの会談、まだかかりそうなの？」

リドの声に我に返ると、シムがこちらを向いて難しい顔をしていた。

ユウリに対してじゃなく、シムに尋ねたようだ。当たり前か。イドの執務についてはユウリよりシムのほうがよく知っている。

「じゃあ、兄さんが戻って来るまで俺が話し相手になってあげるね」

リドがユウリの椅子の正面に回り込んで、尻尾を揺らす。

リドが話し相手になってくれるのは嬉しいけれど、でも——

「別に僕がいつも退屈を持て余しているからイドと一緒にいるわけではないですよ」

もしそうだったとしたら、イドは来賓の暇つぶしに付き合ってくれている心優しい国王ということになるのだろうか。確かにイドが訪ねてこなければユウリは部屋にずっと閉じこもってライオンと話すことなどなかったかもしれないし、イドが変なことをしなければ部屋を出ようとは思わなかったかもしれないけれど。

でも、イドが親切心でユウリと一緒にいてくれているのかと思うと、違う気がする。

いや、違わないほうがいいのかもしれない。

考え始めると、頭がぐるぐるしてよくわからなくなる。少なくとも——

「もちろん、嫁というわけでもないです」

「そうなの？」

リドが何か言い出す前にとユウリがあらかじめ釘《くぎ》を刺すと、心底驚いたような声をあげてリドが目を丸くした。

「当たり前じゃないですか……あんなの冗談ですよ」

自身の顎を撫でたリドが、不可解そうな顔で口を小さく開いて首をひねる。えー、と小さく漏れた間の抜けた声は、子供のような声だった。

「兄さんがそんな冗談言うかなあ」

そんなことは知らない。

でも、冗談でないなら単純にユウリの身を案じてくれているということになるし、身を案じるならばどうしてハーレムを解散してメスたちの怒りをかうような真似をしたのか——ということにもなる。

イドの考えていることなんていくら想像したってわかるはずがないから、考えないようにしているだけだ。

考えれば考えるほど、また胸の奥がむずむずしてくる。

「リドは、イドと仲が良いんですか？」

「うん。小さい頃はずっと一緒だったよ」

ふとリドが、遠くにある低い木を振り返った。

ルシアの子供たちもあの木の周りを回って遊んでいた。イドとリドもあの木の根元で遊んでいたのだろうか。想像すると、思わず笑いがこみあげてくる。

リドはともかく、イドの子供の頃なんて想像できない。

ルシアの子供たちのように丸くてころころと駆けていたんだろうか。

「イドはどんなお兄さんだったんですか？　今のまま？」

「兄さんは、俺たちの中じゃ一番走るのが速くて、強くて、優しくて、かっこよかった」

浅黒い肌をした子供のイドが他の子供たちと砂塗れになって遊んでいるところを想像すると、どうしてもルシアの子供たちと一緒に遊ぶ姿が思い出されてしまう。

彼は今でも子供のようだ。

一国の王なのに、おかしなライオンだなと笑ってしまうくらい。

「自慢の兄さんだったんだ。……昔は」

一緒に遠くの木を眺めていたはずのリドの顔に視線を戻すと、長いまつ毛が影を落としていた。

「昔は？」

リドの声は暗いものではなくて、ぽつりと溢《こぼ》れた、そんな風だった。だからつい、聞き返してしまった。

聞いてしまってから慌てて口を塞いだけれど、リドは小さく首を竦めて笑う。

「王様になってからは、なかなか遊んでもらえないからね」

「ああ」

なるほど、と言ったものの、なんだかちぐはぐな印象だ。

だって、ユウリはイドの国王とも思えないような無邪気なところしか知らないから。

「ユウリもクローヴァ王国の旧王族の血筋なんだっけ」

「！　ええ、まあ」

反射的に背筋が伸びて、耳がピンと立つ。

それを見たリドが短く声をあげて笑って、耳が立った、というように頭上で掌をひらひらしてみせた。

イドにうさぎちゃんと揶揄された時は腹が立ったものだけど、リドのそれは嫌じゃない。ちょっと照れくさくて思わず自分で耳を摑んでしまったけれど。

「旧王族だからアッティーカに連れてこられたんでしょ？　怖かったよね。ライオンなんて、他の国じゃロクなこと言われてないし」

ユウリが自分で押さえた耳を、リドがそっと伸ばして毛並みを整えるように撫でてくれる。ユウリの心労を慰めるように。

今まで、ユウリが一匹でライオンの中に放り込まれたことをこんな風に労《いたわ》ってくれるライオンなんていなかった。

ユウリが驚いて見上げると、リドは首を傾げた。自分が特別なことを言ったとは思っていないという顔だ。

確かに最初は怖かった。虚勢を張っていたけれど、心がすり潰されそうだったししばらくの間は夜も眠れなかった。

でも――

「人間もひどいことするよね」

「え？」

今は感謝してるんだ、とリドに告げようとした時、大きなため息に遮られてユウリは目を瞬かせた。

「うさぎから王権を奪っておいて、こういう時だけ交渉の道具に使うなんて」

可哀想に、とユウリの髪を撫でてくれるリドの手がなんだか冷たい気がして、背筋が震える。

ユウリは苦笑を浮かべてリドの手を固辞《こじ》すると、鋭い爪のついた大きな掌がようやく離れてどこかほっとしてしまった。

リドはユウリのことを思って言ってくれているのに。

「ハイエナが片付けばユウリはクローヴァ王国に帰れるの？」

「え、ええ……それは、もちろん」

そういう約束だし、クローヴァ王家から拒まれるとも思っていない。

ユウリをアッティーカにと言い出したのが国王なのか父自身なのかはわからないけれど、父は必ずユウリを戻してくれると約束してくれたし、早く母や妹にも会いたい。

イドだって、来年はどうかはわからないけどまた果実祭に行けるようにと言ってくれていた。ユウリが帰れない可能性なんて万にひとつもないはずだ。

不安になる必要なんてないのに、頬が強張る。

「そっか」

陰りそうになったユウリの心を晴らすように、リドが明るい声をあげて微笑む。ユウリもぎこちなく笑い返すことができた。

「じゃあ早くハイエナをなんとかしないとね。兄さんも何をのんびりしてるんだか……ユウリを帰したくなくてわざと仕事してないのかな」

「あは……まさか」

「でも仕事遅いよね」

頬を膨《ふく》らませて腕を組んだリドは、もしかしたらユウリが執政に口を出すまでの間本当にじれったく感じていたのかもしれない。

「まあ、でもこうしてたかの皆さんと会談も始まったことですし」

「ユウリが介入してくれたおかげでしょ」

眉を顰めたリドの声が大きくなった気がして、ユウリは咄嗟にシムを窺い見ようとした。

いくら弟と言えど、イドのことをそこまで言われたらシムが良い顔をしないんじゃないか——と心配したのだけれど。

シムの姿がない。

さっきまでそこにいたはずなのに、辺りを見回しても影すら見当たらない。

リドがついているから安心だと思ったのだろうか。

「ユウリもそう思うよね。だから執務に口を出してきたんだよね」

「そういう……わけでは」

ないとは言い切れないけれど、ちょっと違う気もする。

アッティーカ王国には働き者が多いんだから、ちゃんとすればもっと良くなるんじゃないかと思ったから、というのが正解かもしれない。だけどそんなことを口に出すのは傲慢《ごうまん》すぎる。旧王族のうさぎが、ここでなら国を動かす力になれるかもしれない、と――そういう気持ちがあったことも否定できない。

リドの言葉で自分の薄ら暗い気持ちに気付いてユウリはうつむいた。

「アッティーカ王国は実力主義なんだ。強いライオンが王になれる」

ユウリの頭上で、リドが続ける。大きなため息とともに。

「要するに、強ければ政治能力がなくても王様になれるってことだよ。……兄さんみたいに」

えっと思わず声をあげそうになって、何故《なぜ》かユウリは口を噤んだ。

そんなはっきりとしたイドへの批判をシムに聞かれでもしたら。そう思うとユウリのほうが緊張してしまう。

「あの、でもイドに能力がないかどうかは――」

「俺が王様だったらハイエナなんてすぐに皆殺しにしてユウリも家に帰してあげられるのに」

再び仰いだリドは相変わらず微笑んでいる。

ハイエナはおそろしい。だから、クローヴァ王国もライオンたちと同盟を結ぶ選択しかできなかった。

だけど、皆殺しにしようなんて望んだことはない。

それが戦争というものなんだろうか。違う、気がする。

「いや、そもそも俺が王様だったら同盟を結ぶとかそういう面倒な話になる前にハイエナを殺しに行ってたかな。そのほうがユウリも怖い思いしないで済んだのにね」

ユウリはぎこちなく首を振って、冷えていく頭で言葉を探した。

リドはユウリの身の上を案じてくれているのかもしれないけれど、それは違う。

同盟もなくライオンがいきなりクローヴァ王国の森にやってきたらもっとパニック状態に陥《おちい》っていただろう。下手をすれば人間たちも臨戦態勢に入っていたかもしれない。

気遣いには感謝するけどイドのやり方で良かったんだと伝えようとして口を開きかけた時、リドが不意に身を屈めて顔を寄せてきた。

笑みを浮かべた形のいい唇が、ユウリの耳元に近付く。

「——兄さん、殺しちゃおっか」

えっ、と反射的に声を漏らしそうになった喉が凍り付く。

じっとりと汗ばむくらい暑いはずなのに、背筋を悪寒《おかん》が這いあがってきた。

「兄さんを殺せば、俺が国王になれる。……兄さんだってそうやって国王になったんだから」

確かに、イドはそう言っていた。

だけど。

ユウリはどっどっと逸《はや》る心音をリドに悟られないように胸を押さえながら、震える足で椅子から立ち上がろうとした。

「あの、シムがさっきからどこかに……」

捜してきます、と告げてこの場を立ち去りたい。それなのに、声がみっともなく震えてしまいそうになって生唾《なまつば》を飲み込む。そのわずかな時間の間にリドがユウリの腕を摑んだ。

「っ……！」

腕に、鋭利な爪を感じる。

体が大きく震えて、ユウリはそれきり動けなくなってしまった。

「シムなら俺の部下たちと遊んでる」

頭が真っ白になって、息が浅く弾む。

シムは屈強で大きなライオンだ。だけど、リドの部下がいったいどれくらいいるのかわからない。

――こんなの、明確なクーデターだ。

「ねえ。ユウリなら兄さんを殺せるよね。一緒に寝てるんでしょ？」

リドが優しい声音で囁いて、ユウリの髪を撫でる。

今度はその手をやんわりと断ることはできなかった。

遠くの丘にたか族の側近の影はある。でもユウリを守ってくれるはずはない。それに、あそこに側近たちがいるということはまだ会談は終わっていないということだ。

「殺すのが無理なら、兄さんが寝付いた頃に俺を寝室に招き入れてくれるだけでいいから」

硬直した体を奮い立たせて軋む首をぎこちなく振ろうとすると、それを拒むようにリドの手がユウリの頬を撫でた。

思わず息を呑む。

爪が、頬の皮にぷつりと刺さった音が聞こえるようだった。

血が一筋、顎先に伝う。

「俺が国王になればユウリはすぐに国へ帰れるんだよ？　もちろん協力してくれるよね」

国へは帰りたい。

だけど、それはハイエナを皆殺しにして事態を収束させたいということじゃないし、ましてやイドを殺してまで叶えたいことじゃない。

イドはユウリを帰さないなんて言っていないし、ハイエナ討伐のことを忘れているわけでもない。

本来なら人質の交換なんて意味がないはずのユウリがこの国で過ごしやすいように考えてくれてもいるのに、裏切るなんてことはできない。

「リド、僕は――」

「うん、って言ってくれるまで離さないから」

冷たく暗い声に遮られて、ユウリは喉を引き攣らせた。

腕を摑んだ手に力がこめられて、爪がぐっと食い込んでくる。

「い……っ」

鈍い痛みが走って、シャツに血が滲《にじ》んできた。

思わず顔を顰めて身をよじったユウリの姿を見下ろして、リドがふふっと笑みを零した。

さっきまでと何も変わらない、さわやかな微笑みで。

「やっと兄さんの弱みが見つかって良かった」

「弱……み？」

無意識に漏れたつぶやきが掠れる。

「兄さんってハーレムのメスたちのこともなかなか信用しなくてさ。一緒に寝ることもしなかったけど、ユウリのことはうさぎだから安心してるんだね、きっと」

まだ太陽は真上にのぼっているのに、目の前が暗くなるみたいだった。

血の気が引いて、その場にしゃがみこみそうになる。

リドの言う通り、イドがユウリを侮っているからそばに置いているだけに過ぎないとしても、それでもリドに手を貸す理由にはならない。絶対に。

「――は、……ない」

「え？　聞こえないよ」

リドがユウリの腕を乱暴に引き上げる。まるで愛着のない人形を持ち上げるみたいに。

リドは、自分が身を屈めるなんてことはしない。抱き上げることもない。腕がもげたって知ったことじゃないとでもいうようにユウリを摑み上げただけだ。

「……っ、僕はあなたに協力なんてしない！」

肩が外れそうな痛みを振り払うようにユウリが大きく声を張りあげると、目の前でリドの金色の目が大きく瞬く。

突然言葉が通じなくなったみたいだ。いや、最初から何も通じていなかったのかもしれない。

この国で過ごすうちにライオンは野蛮な種族なんかじゃないということを知るようになった。

でも、今ユウリの前にいるのは紛《まぎ》れもなく野蛮なライオンだ。

「えー、じゃあどうしたら協力してくれるの？　ユウリって、何をされたら一番嫌？」

地面に足をついていられないほど腕を引き上げられて、ユウリは息を詰めた。その表情に目を細めたリドはさっきまでと何も変わらない、甘い声で囁く。

痛みを感じている声も聞かせたくない。

ユウリは唇を噛み締めて、目をぎゅっと瞑った。

肩がねじれて、聞いたこともないような音が耳に響く。揺らされる拍子に呻き声が漏れてしまいそうで、悔しさで涙が滲みそうになる。

辺りはリドの部下とやらが人払いをしているのだろうか、いつもなら子供たちが遊びに出てきたっておかしくない時間なのに。

「殺しちゃったら意味ないし、兄さんにバレるような傷も困るし……あ、そうだ」

ひらめいた、と弾んだ声をあげたリドが不意にユウリの腕を離す。

砂埃を上げて地面に倒れこんだユウリを見下ろして、リドはユウリの血に濡れた爪をぺろりと舐めた。

「犯しちゃおっか」

静まり返った宮殿の庭で、リドの明るい声だけがちぐはぐに聞こえる。

悪い夢を見ている気分だった。

ライオンだらけの国に人質として放り込まれるよりもずっと悪い夢だ。

生きたままよってたかって丸齧りにされたほうがまだ諦めもつくかもしれない。

「俺の部下も呼んで、兄さんの会談が終わるまでみんなでたっぷり可愛がってあげればユウリも俺に協力したくなるよね？」

力なく崩れ落ちた地面の土を手繰り寄せるようにして、後退る。

爪を立てられた腕が鈍く痛んだけれど、その痛みが悪夢じゃないと告げているようで吐き気がした。

リドは相変わらず楽しそうに微笑んでいる。とても冗談で言っていいようなことじゃないし、冗談を言っているという笑顔じゃない。

「そしたらもう、ユウリは兄さんの嫁じゃなくて俺たちの嫁になるってことだし。あはは！　嫁っていうか……おもちゃかな？」

子供も産めないしね、とリドが愉快そうに身をよじって笑い声をあげると、その後ろに影が見えた。

「そんなにおもちゃが欲しければくれてやる」

ほとんど唸り声みたいな、低いつぶやきだった。

リドがそれを聞きとめるよりも早く背後の影が動いて、気が付くと甘い顔をした野蛮なライオンの体が横ざまに吹き飛んで——宮殿の庭に、強い陽射しが差してきた。

「——……イ、ド」

掠れた声でつぶやくと、金色の髪の上にある小さな丸い耳がぴくぴくと震えた。

「兄さん、会談はもう終わったの？　兄さんの仕事が遅いせいでユウリが」

「お前に俺の嫁の名を呼んでいいと許可した覚えはない」

イドに弾《はじ》き飛ばされて頬に傷を負ったリドが口の中の血を吐き出して、あはっと声をあげて笑う。

「兄さんって昔からそうだよね。自分のおもちゃを絶対に俺に貸してくれないんだ」

明るい声とは裏腹に、腰を低く落としたリドは牙をむき出しにして今にもイドに飛び掛かろうとしている。

イドが退《さ》がっていろと言うように大きな掌をこちらに向けるけれど、体の力が抜けてしまってとても立ち上がれる気がしない。

「ユウリはおもちゃじゃない」

その場にへたり込んだまま動けずにいると、イドがゆっくりと移動して、ユウリの前に立ち塞がった。

クリエの時といい、今回といい、ユウリは助けてもらってばかりだ。申し訳ないし、悔しいけれどうさぎがライオンに敵《かな》うわけがない。睨まれただけで動けなくなるし、ちょっと爪を立てられただけでこんなに血が出てきてしまう。

睨み合った兄弟のどちらからともなく、低い唸り声が聞こえる。耳が後ろに倒れてイドの尻尾の先が揺れた。

その瞬間、突風が吹いたのかと思った。

ユウリの長い耳が揺れて、砂埃が舞う。無意識に目を瞑って顔を覆った手を下ろした時には——もう、決着がついていた。

「——……っ」

顔から血を流して倒れていたのは、リドだった。

「国王に喧嘩を売ったんだ、どうなるかは覚悟の上なんだろうな」

イドの声がほとんど唸り声のようになっていて、うまく聞き取れない。

顔の側面を深く切り裂かれて地面に血溜《だ》まりができるほど失血したリドは肩で浅く息をして、体も小刻みに震えている。

ユウリがアッティーカ王国に旅立つ前日、人間の医師が言っていた。いざという時、相手がライオンであってもたくさん血を噴き出す場所を切り付ければ殺すことができる、と。力や鋭利な爪には太《た》刀《ち》打《う》ちできなくても、たくさん失血させればライオンだって死ぬんだからと人間は言っていた。

リドが何か言おうと、青くなった唇を震わせている。だけど声を出す力も残っていないようだ。

地面を染めた赤い血がどんどん広がっていく。

「後で部下も一緒に送ってやる」

短く告げて、イドが腕を振り上げた。

リドの喉元に向けて、一閃《いっせん》。振り下ろされようとした時。

「……っ、イド！」

ユウリは、声を絞り出して叫んでいた。

噎せ返るような血のにおいがおそろしくて、イドに駆け寄ることはおろか立ち上がることさえもできないけれど。

それでも、イドの腕が止まった。

「き、……兄弟、なんでしょう」

何も、殺すことはない。

ユウリの脳裏には妹の優しい笑顔が浮かんでいた。

視線だけをこちらに向けたイドに、強張った体を無理やり動かして首を振る。

「ライオンに血族なんて言葉は意味がない。現にこいつは俺を殺そうとしただろう」

「でも、イドは生きてる」

リドは、ユウリが現れるまでイドを殺す手段が見つけられなかったと言っていた。

これからもユウリさえ足を引っ張らなければイドが殺される心配はないということだ。

「リドがしようとしたこと——は、許されないことかもしれません、が」

ついさっきまで自分が地獄の淵《ふち》に立たされていたことを思うと体の震えが止まらない。

だけど、それでも。

「イドが……兄弟を殺すところを、見たくはない……です」

ユウリの髪をぐしゃぐしゃと不躾に撫で回すイドの大きな掌がリドの命を奪うところを見てしまったら、もう、ユウリはイドのそばで安心してはいられない。

イドが自分を守るためにしてくれていることだとわかっていても、イドのことをおそろしいと思ってしまうだろう。

血の滲んだシャツを掻き寄せるようにして自分で自分の肩を抱いたユウリが体の震えを堪《こら》えていると、やがて大きな舌打ちが聞こえた。

「――……この国から出ていけ」

吐き捨てるような唸り声。

砂利《じゃり》を踏みしめる足音にユウリが萎《しお》れた耳の下からそっと窺うと、イドがこちらに向かって踵を返したところだった。

「どうせ、群れを離れたライオンなんて長生きはできないだろうけどな」

背筋が凍りそうなくらい冷たい声でつぶやいたイドが、座りこんだままのユウリのそばまで来て、手を差し出す。

その手にリドの血はついていたけれど、ユウリはその手を握り返すことにためらいはなかった。

「だからあんな奴を構うなと言ったんだ」

ユウリの傷の手当てをした使用人が退室するなり、イドの大きなため息が耳を撫でた。

「――……すみません」

返す言葉もない。

リドの懐こい笑顔にすっかり安心していた。あの時、こちらを窺っていたシムを呼ぶべきだった。彼は気にかけてくれていたのに。

シムはユウリと時を同じくして他の使用人たちに助けられたそうだが――ユウリよりもひどい傷を負ったようだった。イドは詳しくは教えてくれなかったけれど。

「……いや」

念のため安静を言いつけられてベッドに入ったユウリの髪を、イドが撫でる。

金糸のようなまつ毛を伏せたその顔に、いつものような笑みはない。

「お前から目を離すべきじゃなかった。俺の落ち度だ」

「でも、会談していたんだから仕方がありません」

「会談に同席させれば良かった」

イドの端正な顔に皺が寄る。

でも、あの会談は今後ハイエナの討伐においてたか族と深く連携を取っていくための重大なもので単なる契約を交わすだけのものではなかった。厳重な人払いをしたのは当然のことだ。

——それこそ、側近はもとより配偶者であっても同席はできない、とされていたほど。

イドがいくらユウリを嫁だと言い張ったところでたか族の首領は許さなかっただろう。そもそもオスのうさぎが嫁だなんて、アッティーカのライオンたちだってイドのつまらない冗談だと思ってるくらいなのに。

「あんたが狙われるのは当然なんだ。そもそもウチの連中はクローヴァと交渉をすることにさえ乗り気じゃなかったんだからな」

会談の疲れもあるんだろう、イドは眉間《みけん》に深い皺を寄せてため息を吐いた。そのついでに、うっかり漏らしてしまったのだろう。

「えっ？」

ユウリが尋ね返すと、しまったというようにイドが表情を強張らせて、頭を掻いた。

「ああ、いや……別にあんたの国を軽んじてるわけじゃない。ただほら、別にあの森はクローヴァ王国の領地というわけじゃないだろ。なのになんでクローヴァに申し入れをする必要があるんだって意見があったって話だ」

それは、確かにその通りだ。

一報を入れるだけでも十分だったところを、形ばかりの同盟を結んで、しかも格下でしかないうさぎの人質を取る必要などあっただろうか。それはクローヴァ王国の誰もが思っていて、だからライオンたちの嫌味で呼ばれたのだとばかり思っていた。

「俺としては、クローヴァとの衝突はどうしても避けたかった」

瞼《まぶた》を伏せたイドの頬に長いまつ毛の影が落ちている。ユウリは呼吸をするのも忘れて、その静かな表情を吸い寄せられるように見つめた。

「ライオンは人間に負けた歴史もある。決して侮っていい相手じゃない。うさぎだって同じだ。敵に回したいわけじゃないからな」

「——……」

イドがそんなことを考えていたなんて知らなかった。

人間がライオンに勝ったことがあると言ったって、それは人間がたくさんいて、相手が数頭のライオンだけだった時の話だと聞いている。国同士の戦いになったら今も昔も、とても勝てるとは思えない。

それでも礼を尽くしてくれたのか。

「けどまあ、それに承服してない奴もいるだろうとは思ってたし、そういう奴らにとっちゃうさぎの人質はつけ入る隙に見えるだろうってことはわかりきっていたことだ。かといって、牢《ろう》に閉じこめておくより俺の隣に置いといたほうが安全だろ」

ユウリの長い耳を手に取って、白い毛並みを指先で丁寧に撫でながらイドが低く謳《うた》うように言う。

自分が招いたことだから、イドはユウリを気にかけてくれていたんだろうか。クローヴァ王国を敵に回さないために、礼儀を尽くすために。

そう思うと胸が締め付けられるように感じるのに、それでもやっぱりわからない。

それなら、どうしてあんなことをしたのか。どうして、今みたいに頭を撫で続けているのか。

国王の番になれば身の安全が守られるかもしれないと、イドの冗談を最初に真に受けようとしたのはユウリのほうだ。だけど、今じゃイドのほうがユウリのことを嫁だと言って憚《はばか》らない。

守るためなら、そばにいるだけでいいのに。

国賓だからそばに置いておくだけなら、こんなに肌を寄せていなくてもいいはずなのに。

リドはユウリのことをイドの弱みだと言っていた。

ハーレムのメスでさえ寝室に入れなかったイドにとって一番近くにいるから利用価値があると。

クリエやリドに対してはあんなに怒りをあらわにしていた、王の名に相応しい強さを持つイドが、今はユウリの耳を撫でて守り切れなかったことに落ち込んでいる様子さえ見せる。

国賓を傷付けたことを悔やんでいるというより、自分を責めているみたいだ。その曇った表情を見上げると、胸の奥がむずむずとしてくる。

「とにかく、これからは俺以外の誰も信用するな。シムやルシアのこともだ」

「えっ」

思わず声をあげると、イドが不機嫌そうに眉を跳ね上げる。

その表情がどこか拗《す》ねたような顔に見えたのはユウリの気のせいだろうか。

「俺以外のライオンと口を利く必要なんてないだろう」

「ありますよ！　執務を手伝う上で会議に参加したいですし」

「俺を通せ」

瞼を薄く開いたイドがむっつりと口を噤んで、ユウリを撫でていた手も引っ込めてしまう。

頑《がん》としてここは譲らないとでも言うかのように。

「なんでそんな手間を……」

別に、アッティーカの執政に口を挟みたいわけじゃない。イドがしっかり仕事をしてくれるならユウリがすべきことじゃないのかもしれない。

だけど、先日の会議でせっかく他の大臣たちからの見る目も変わったっていうのに。

ましてシムたちのことさえも信用するなと言われても承服できない。

リドの部下たちから不意を突かれたのだろうシムだって、ユウリのことを守ろうとしてくれていたに違いないのに。

「アッティーカ王国はそういう国なんだ」

なんの感情も読み取れない、静かな声でイドが言った。

はっとしてその顔を見つめると、よくできた彫刻のようなイドの顔は笑みも諦めも、怒りも悲しみも浮かべていない。

以前クリエに向けた、なんの感情も読み取れない顔。急にイドが空っぽになってしまったように感じて、ユウリは反射的にその袖を摑んだ。

「……俺はこの国の王だ。それはつまり、俺以外のライオンがすべて敵になるということでもある」

「すべて……」

だから、ハーレムのメスも寝室に入れなかったのだろうか。

もし彼女たちの誰かを招き入れていたらリドに利用されていただろう。

ユウリはうさぎだから、他のライオンと親しくもないから、イドの隣にいるけれど。イドも、ユウリがなんの力もないうさぎだからそばに置くことができるんだろう。

袖を摑んだユウリの手を見下ろしたイドが、もう一方の掌を重ねる。

袖を離して掌を反転させると、するりと指が絡んできた。

ついさっきまで、リドの血に染まっていた指だ。だけど、怖くはなかった。大きくて温かくて、柔らかい。

イドはこんな風に誰かの手を握ることもないのかもしれない。

ユウリがライオンだったら、こうして握ったイドの手に鋭い爪を立てることだってできる。

「僕は、この国のことを何も知りませんでした。……軽率な行動をしたことを、謝ります」

ユウリが頭を下げると、イドが小さく笑った気配を頭上で感じた。

重ねられた手が離されて耳の付け根を撫でられる。くすぐったさにユウリが顔を上げると、イドは双眸を細めていた。

イドが笑っていると安心する。

怒った顔を見ても自分に危害を加えるものではないとわかっているけれど、さっきのような空虚な顔をしているのを見るのも嫌だ。

笑ったイドは、多分安心しているのだろうと思うから。笑っていてほしい。

「ま、これからは俺から離れないことだ」

ユウリの耳が気に入ったのか、付け根を指先で搔くように撫でてイドがわざとらしく顎先を上げる。器用に片眉を上げた不遜な表情で見下ろされてユウリは笑いを堪えながらそっぽを向いた。

「そんな風に言われると素直に承服しかねますけど」

「なんだと？　それじゃあ、紐《ひも》でも結び付けて連れ歩くしかないな」

「やめてくださいよ!?」

イドなら本当にやりかねない。

ユウリが驚いて声を荒らげると、一瞬顔を見合わせた後どちらともなく噴き出してしまった。

屈託なく大きな口を開けて笑うイドのそばにいると、ユウリも安心する。甘い果実なんかなくても、ライオンのにおいしかしなくても、ここは自分がいる場所なんだと思える。

ひとしきり笑った後で呼吸を整えたユウリが目尻に滲んだ涙を指先で拭ってイドを仰ぐと、イドもこちらを見ていた。

「――傷がついたな」

葉が揺れるようなかすかな声でつぶやいて、イドの指先がついとユウリの頬を撫でる。

リドに爪を立てられたところだ。腕と違って頬の傷は小さなものだし、すぐに血が止まったはずだけど。

指が撫でたところに自分でも触れてみると、かさぶたができているようだった。

「これくらい、大丈夫です」

腕の傷だってちょっと血が出ているだけで、骨が折れたわけでもない。肉が大きく切り裂かれたわけでもないし、すぐに治るだろうと言われるまでもなく心配はしていなかった。

リドもユウリを利用するつもりで殺したくなかったのだろうから、それが幸いだったんだろう。

「俺の嫁をキズモノにしやがって」

無邪気に笑った後の解けた調子のイドが言うと、やはり拗ねた子供のそれに聞こえる。けれど。

「まず、嫁じゃないですから」

かさぶたになった頬の傷に唇を寄せてこようとするイドの胸を慌てて押し返して、ユウリはその鼻先へ人差し指を突き付けた。

ユウリを寝所まで守るための方便で言っているだけなのだとしても――なんだかむずむずするから、嫁嫁と言うのをやめてほしい。

ただの国賓でいいじゃないか、責任を持って安全を守ると言ってくれたら、ユウリはそれで納得する。するはずだ。

「それに、そのような言い方はまるでキズモノになった相手は嫁として価値が下がると言っているようで、オスとしていかがなものかと」

「価値が下がるなんて言ってねえだろ」

胸についたユウリの手を掴んでひょいと取りあげたイドが有無を言わさない圧で身を寄せてくる。額を寄せるようにして睨み合いを迫られると、ユウリも負けじとイドの目を覗き込んだ。

「俺は、俺の嫁に」

「嫁じゃないです」

ユウリが噛みつくように口を挟むと、イドが笑いを堪えるように相好《そうごう》を崩しながらもため息を吐いた。

その吐息が、ユウリの硬く噤んだ唇を撫でる。

「……俺のユウリに傷をつけられたことにムカついてるだけだ」

「！」

顔が熱くなって、反射的に身を引いてしまった。

腕を摑まれているせいで遠くまでは逃げられなかったけれど。

俺のユウリってなんですか、と言い返そうとして口を開いたものの、声が出てこない。

お前は俺のものだと所有物扱いするのはやめてくださいと言えばいいだけなのに、変な言い回しをされたものだから。

「ほら、そんな暴れたら傷が開くだろうが」

ベッドの上で後退ったユウリを、イドはまるで聞き分けのない子供をあやすように引き寄せる。

「あ、の……ちょっと、あの」

どっどっと胸がうるさいくらいに跳ねていて、これ以上イドに近付いたら振動が伝わってしまいそうだ。

それでなくても、ライオンの耳がどれくらいいいのかわからない。静まり返ったこの広い部屋の中にユウリの心音が響き渡っているような気もしてきた。

頼むから適切な距離を取ってくれと懇願するように、顔を伏せてイドの胸に手をつく。

「俺が怖いか？」

ふと、イドの手が緩む。

ユウリが慌てて顔を上げると、ともすればそのままイドが背を向けてしまいそうな気がして、思わず手をついたシャツの胸元をぎゅっと摑む。

「怖くありません」

怖いはずがない。

むしろユウリがイドを怖がっているなんて思われることが心外だ。

ユウリは自分のほうから摑みかかったイドの顔を仰いで、ぶるっと頭を強く振った。頭上の耳が揺れて、イドの顔を叩いたかもしれない。それくらい誰かと顔を寄せるのなんて、イドが初めてだ。うさぎとだってしたことがない。

「イドは僕を助けてくれました。怖いはずがない」

「けど、怖い思いをしただろ。クリエにも、リドにも嫌な思いをさせられたはずだ。ライオンが怖くなったんじゃないか」

クリエに襲われてからイドはユウリをそばに置くようになったけれど、確かにベッドの上では遠く離れていた。

こんなに広いベッドの上で、何が悲しくてオスが二頭で身を寄せ合わなきゃいけないのかと——そういうつもりかと思っていたけれど、もしかしたらイドなりに気を使っていたのかもしれない。

　ユウリが起きていたらどんな過度なスキンシップでも振り払えるけれど、眠っている時にもしうっかりイドに触れられたら休めないかもしれない。もし、イドがそんな風に考えているとしたら。

「あなたって本当に馬鹿ですね」

　イドの胸倉をぎゅっと摑んでユウリが睨みつけると、イドが目を丸くする。

　世界で一番強いと言われているライオンの、その頂点に立つ国王だっていうのに、イドはたまに本当に子供みたいなあどけない表情をする。リドのさわやかな笑顔とは違う、見ているこちらを油断させるには十分すぎる顔だ。

「僕があなたなんて怖がるはずがないでしょう。……それに、あなただけを信用しろって言ったのは、誰ですか」

　シムもルシアも信用するなと言うくらいなんだから、イドが信じられなくなったら困る。

　二度も助けてくれたイドを信用できないはずがない。

　他に誰もいない部屋で、こんなに広いベッドの上でこんなに身を寄せていても怖いと感じることなんてない。

　ユウリの身を震わせるくらい強く打っているこの心音は、恐怖とは別のものだ。

「信用しろって言ったのは、嘘なんですか？」

「……嘘じゃない」

ため息交じりに苦笑したイドが、ユウリの髪を撫でる。

そっと前髪をかき上げるように梳《す》いたイドの手が、耳の付け根を掠めて後頭部に回るとそのまま広い胸に抱き寄せられて、ユウリはおとなしく顔を埋めた。

「目の前でリドを殺そうとしただろ。さすがにあんたには刺激が強かったんじゃないかって——そう思ったんだけどな。あんたには余計な心配だったか」

ゆっくりと後頭部を撫でるイドの優しい手が、屈強な若いライオンであるリドを一瞬で血塗れにしたのは、確かにおそろしい光景だった。

クローヴァ王国で過ごしていたらあんなに夥《おびただ》しい血を見ることだって滅多にないし、ましてライオン同士の戦いなんて想像するだけでも震え上がるような話だった。

イドがそうやって前の王を亡き者にして王座に就いたんだということだって、実感として理解できたはずなのに。

それでも、イドが自分を傷付けることなんてないと信じられる。

自分を守るために駆け付けて、自分のために戦ってくれたんだと思うと。

「あんたって本当に変なうさぎだな」

顔を埋めたイドの胸にしがみついていると、頭上でイドが笑った。

その唇が耳をなぞって、後頭部を撫でていた手が背中へ下りていく。

「……っ、ちょっと」

むずむずするようなくすぐったさにユウリが思わず身をよじると、それを拒むようにイドが体勢を変えてユウリの体をかかえ込むように足を絡めてきた。

驚いて顔を上げようとした時、不意に耳を食《は》まれて思わずユウリは自分の口を塞いだ。

「リドに触られたのは腕だけか？」

「は……？」

ざらりとした舌で耳を舐められると、背筋が震えそうになってユウリは歯噛みした。

リドには頭を撫でられて、頬を撫でられて――そういえば、髪を撫でる手がなんだか冷たく感じられて気味が悪かったことを思い出す。

それに、リドがユウリを犯してしまおうかなんて言ったことも。

思い出したくもないことを思い出してぞっとしたユウリがイドの胸でふるふると首を振ると、イドの唇が頬に落ちてきた。

かさぶたの上を短く吸い上げられても、今度は逃げられない。体から力が抜けていくような、変な気分で。

「あんたは俺のものだからな、もう他の誰にも触らせるなよ」

かさぶたの上を、今度はイドの舌が這う。頬をくすぐる感触にユウリが目を瞑ると、そのまま顎先を掬《すく》い上げられて今度は唇を短く吸い上げられた。

「……僕はあなたのものじゃないです」

イドに濡らされた唇を尖らせたユウリが半分目を開くと、端正な顔が思いのほか近くにあった。鼻先をこすり合わせるほどの距離で、イドが今度は唇を開いてユウリの首筋へ指先を這わせる。

ライオンが少し力を加えたらうさぎなんてすぐに死んでしまうとでも思っているのだろうか。こそばゆいくらい優しい手つきで引き寄せられて、ユウリは身をよじりながらその誘いに身を任せた。

言葉を探して押し黙ってしまったイドが、まるで本当にユウリを自分のものにしたがっているように見えて——胸が、締め付けられるようで。

何も言い返さないまま、イドの薄く開いた唇がユウリの口を塞ぐ。

「ん、ぅ……っ」

下唇を捏《こ》ねるように舐められて、ユウリは思わず喉を鳴らしてたまらずに口を開いてしまった。

これから自分がイドのものにされるのだ、と感じるのに、それを拒む理由が見つからない。

「ぅ……ん、っど、どうして、そんなに……っ変なところ、ばっかり……！」

足が宙を蹴る。

月明かりが差す部屋の中で、ベッドに掛けられた天蓋の中は仄暗《ほのぐら》い。だけど下腹部でイドの金色の髪が揺れるたびに月の欠片《かけら》がそこに宿っているかのようにキラキラと輝いて見える。

眩しいわけではないけれど、それを見ていると目が眩《くら》むようで、ユウリは自分の顔を掌で覆いながら声をあげた。

「うん？　変なところじゃないだろう」

ざらついたイドの舌が足の付け根を這うと自分の意志とは関係なく腰がびくびくと跳ねて、ユウリは口を塞いだ。

自分の息が熱くて、焦げ付きそうだ。

前みたいに汚したら困るだろうとなだめるように服を脱がされて、いいようにイドの手であちこち撫でられているうちにどんどん体が熱くなっていく。

自分の熱に浮かされてもう嫌だと言いたくなるのを何故だかぐっと堪えているうちに、イドの褐色の肌も汗ばんでいると気付いたのがついさっきのこと。

もともとだらしなく着けられているだけのイドの服も剝ぎ取ってやりたいような気持ちに苛《さいな》まれるけれど――さすがに、そんなことをしたら、多分、駄目だ。

「へ、っ変だ……っ、そんな、ところ」

悲しいわけでもないのに泣き出したいような気持ちを堪えながら震える声をあげたユウリの中央は、イドに触られるたびに強く脈打って苦しい。以前悪戯に触られた時のことを、体がまだ覚えている。

親しい友人にだって見せたことがないような下肢の肌に唇を寄せられるとそれだけでひとりでに蜜《みつ》が溢れてきてじっとしていられない。

「変じゃない。……あんた、交尾したことないのか？」

「っ！」

思わず上体を起こすと、自分の両足の間でこちらを窺っているイドと目が合って息が詰まった。

イドの唇のそば、吐息がかかるほど近くにユウリのものが天を向いていて、先端を濡らしている。

また体の熱が上がってしまって、ユウリはかかえ上げられた足をばたつかせて体を横向きにしようとした。

叶わなかったけれど。

「あ……あるわけないじゃないですか、っ交尾、は生涯添い遂げる――人とだけするもの、で」

ベッドが揺れてしまうのじゃないかと思うくらい、鼓動が強く跳ねている。

そうだ。唇を重ねるのだって、大事な人とするものだと――そう思っていた、はずだ。

「交尾は知ってるんだよな？」

薄明かりの中で、イドが笑ったような気がする。

その顔をとても直視できなかったけれど、からかわれたとは感じなかった。

ただ優しく、困ったように笑われた。

だって、そうだろう。今こんなはしたない姿をイドの体の下で晒しておいて、我ながらよくあんなことが言えたものだ。

イドが爪を立てないようにと、そっと壊れものでも扱うみたいに撫でる手に体を任せて、唇や耳どころか足の付け根の柔らかい部分まで唾液に濡らされて。

それで、交尾は大切な相手としかしない――なんて、自分でも呆れるくらい筋が通っていない。

「俺の嫁にするって言っただろ？」

自分でもどうしていいかわからなくて、手繰り寄せた枕にユウリが横ざまに顔を埋めると、その体を這いあがってきたイドが低い声で囁く。

素肌が重なって、そこからじわじわと溶けていくようだ。

イドも汗ばんでいて、ユウリも汗を滲ませていて。汗と一緒に肌まで混ざり合ってしまう。

「嫁――……って」

「ハーレムも解散したし、あんただけだ。だから、いいだろ」

肌を合わせながらイドがユウリの首筋、頬へと唇を啄ませてくる。

舌で焦がされるような口付けではないのにイドの唇が触れるだけで肩がびくんびくんと震えてしま

うのを止められなくて、ユウリは枕をぎゅっと握りしめた。

「でも、僕は……オスです」

「知ってる」

すり寄せられた下肢にユウリのものと同じ熱いものが息衝《いきづ》いていた。イドの、オスの部分。ユウリの内腿がにわかに緊張して震えると、そこにもイドの肌を感じる。

どこもかしこもイドと触れ合っていて、なんだか胸がかきむしられるような、変な気分だ。

「オス、を嫁にしても……子供は残せない、と思いますけど」

絞り出すように発した声は弱々しくて、自分でも驚いた。

イドがじゃあやめると言ってとたんに体を離してしまったら――そんな想像が胸を過ぎって、暗い気持ちになる。

自分でもよくわからないけれど、この熱がいきなり冷めてしまったら苦しくなるような、そんな気がする。

「ライオンは親が子を殺すことも、子が親を殺すことだってある」

枕に顔を埋めたユウリの耳のそばに鼻先を埋めて、イドがつぶやいた。

特になんの感慨もない、特別なことを言っているというつもりもないんだろうという声。

それでもユウリがはっとしてイドの顔を仰ぐと、琥珀のように澄んだ金色の目がユウリを見つめていた。

「ただまあ、もし俺の子供をあんたが産めたら……そりゃ、可愛いんだろうけどな」

それは、親を殺すこともあるというライオンの子供じゃないからかもしれない。

あるいは、ライオンじゃないというだけじゃなくてユウリの子供だからという意味かもしれない。

どっちの意味かと尋ねる勇気はユウリにはなくて、ただイドの気の抜けたような優しい顔を見つめていると胸が切なくなった。

イドがユウリを守ってくれるように、自分のそばにいることでイドが安心できるなら、それがすごく嬉しい。

ユウリはおそるおそる枕から手を離し、イドの首に腕を伸ばした。

一瞬だけイドが驚いたように目を瞠ったけれど、それを無視してイドの顔を引き寄せる。

イドは寂しいなんて思っていないかもしれない。強いライオンだから。だけど、無性に口付けたくなって。

「ん……ぅ、っは……ぁ、あっ」

唇を押し付けるとすぐに大きな舌で歯列をこじ開けられて、口内がイドの舌でいっぱいになる。それに自分のものを絡めようと舌をのばした時、イドがユウリの腰を抱いて尻尾に触れた。

「ぁ、っ……ん、ぅ……んゃ、あ、っ……あ」

糸を引くような濡れた音を響かせながら舌をこすり合わせると、背筋がどうしようもなく震えて腰を反らしてしまう。揺れた腰の尻尾を、その動きに合わせてしごくように撫でられて頭がぼうっとしてきて、ユウリは鼻を鳴らした。

「ん、ふ……ぁ、ん――……んぅ、あ……あ、っぁ」

尻尾の付け根に回されたイドの指先が、その下の谷間に伸びていく。

無意識に腰をくねらせて逃れようとするとイドの唇が不意に離れて、ユウリはぼんやりとした目を開いた。

「嫌か？」

押し付けた唇が、小さな小さな言葉を紡ぐ。

交尾をすることが嫌なのか、嫁と言われることが嫌なのか――子供を孕《はら》まされることが嫌なのか、何を尋ねられているのかもわからない。

わからないけれど、どれにも首を振る気にはなれない。

いくらユウリだって交尾のことくらいわかっている。それなのにイドの下から逃げ出さないのだから。

ライオンがうさぎを組み敷こうとすればうさぎに勝ち目がないことなんてわかりきっている。だけど、イドならユウリを逃がしてくれるだろう。それがわかっているから、逃げない。

嫌だと答えたら、イドはやめてしまう。

――やめてほしくない。

「……そんなことわざわざ聞かないでください」

やめてほしくないからこそ、ユウリはむっとした表情を作ってみせて顔を背《そむ》けた。

離れてしまった唇をきゅっと結ぶと、イドの味が残っている。

「なんだ、嫌だって言えばもう変なところを触らないでいてやるのに。……言わないなら、俺が好きなだけ、触るぞ」

「っ、！」

背後の谷間を滑ったイドの指が、入り口を探るように蠢《うごめ》く。

そのなんともいえない感触にユウリが目を瞠ると、イドが熱い息を吐きながら大きく口を開けてユウリの長い耳を食んだ。

「ぁっ……ちょ、っ……んぁ、やめ、っ……耳、」

耳の内側にねっとりと舌を這わせながら、下肢を暴く指先が侵入してくる。

ユウリは鼻にかかった甘い声を自分の手で塞いで、肩を窄めた。

ぞわぞわするようなむずむずするような、体の内側をイドに触れられているということに妙な興奮を覚えてひとりでに尻尾が揺れてしまう。

「ユウリ」

耳の深くまで舌を伸ばしたイドが低く唸る。それだけで全身が粟立《あわだ》って、声が溢れそうになってしまう。

ゆっくりと挿入された指先が一度引かれていく。

きっと、イドは自分の指がユウリの中を傷付けてしまわないように——間違っても鋭利な爪が出てしまわないようにと慎重に触れているのだろうけれど、それが余計にユウリの体を震わせた。

「ふ、ぅ……っぁ、あっ——イド、……っイド」

お腹の中を弄《いじ》るイドの指が抜けてしまいそうになると、ユウリは熱に浮かされたように無意識に名前を呼んでイドの首にしがみついた。

痙攣したように小刻みに震えるユウリの内腿には、イドの焼けるような熱がすり寄っている。

さっきからとっくに蜜を溢れさせているユウリのそれと同じように、イドもユウリのことを求めているのだろうか。

「……そんな可愛い顔すんな、食っちまうぞ」

熱い呼吸を浅く繰り返して、息苦しさに口を噤むことを忘れたユウリを見下ろしたイドが顔を歪めるようにして笑う。

「僕……食われちゃうんですか」

イドにだったら、構わない。

頭が朦朧《もうろう》として、食われたいとさえ思えてくる。

イドの首に回した腕をユウリなりにめいっぱい引き寄せて、食べてもらえるように頬をすり寄せるとイドが声にならない声で唸ったのが聞こえた。

「ああ、もう……知らねえぞ」

唸り声に聞こえたのはため息だったのかもしれない。ユウリの首筋に顔を埋めたイドがひとりごちるように言ったかと思うと、指で拡《ひろ》げられた背後に熱いものが押し当てられたのがわかった。

「っ……ぁ、」

びくんと大きく体を跳ねさせたユウリの腰が逸れると、それをイドの大きな手が摑んで引き寄せる。

首筋で肉食獣の荒い吐息が聞こえる。それがおそろしいどころか切ないくらいに胸を締め付けてきて、ユウリは喘《あえ》ぐように息を継いでイドの背中に爪を立てた。

ぐっとイドが腰を進めると、熱い塊《かたまり》がユウリの中に分け入ってくる。

イドの先端も熱い体液でしとどに濡れていて、ユウリは歯の根が合わなくなった口を何度も結び直して鼻を鳴らした。イドも自分と同じように欲情しているのだと思うと、たまらなくなってくる。

「ん、ぅ――……っあぁ、あっ……イド、っ……ぃ……あ、あ……あっ」

イドのものが脈打っているのが、体の内側の柔らかいところではっきりと感じられる。

力強く息衝いて、はしたない蜜を漏らしているのは自分だけじゃなくて。お互い、同じように欲しがっている。

心の中がめちゃくちゃにかき乱されるようだ。

「……っユウリ、」

息を詰めたイドが絞り出すような声で言って、大きく口を開いた。

──食われる。

悦《よろこ》びにも似た気持ちでユウリがそう覚悟した瞬間、首筋を甘く噛んだイドが乱暴に腰を突き上げてきた。

「ひぁ、────……っあ、ああ……っあ、あ、あっ……！　ぃ、あ──イド、んぁあっ、あ」

熱い尖りで最奥を抉《えぐ》るように貫かれると、ユウリは自分でも驚くほど甘えた声をあげて全身を痙攣させた。お腹の上に熱いものが迸《ほとばし》る。

目の前がチカチカと明滅して、まるでイドの陽に透ける髪のようだ。

「こっちを向け」

唾液の糸が引いた唇を首筋から離したイドがユウリの顎を掴んで乱暴に唇を貪る。その口の中に鋭い牙はあるのに、決してユウリを傷付けようとはしない。

ただ、唇を口付けで縛り付けてしまうと両手で腰を荒々しく掴んだイドは性急に腰を打ち付けてきて——まるで本当に、食い殺されるみたいだ。

「んぅう、んぁ——……っぁ、ふっ……イド、んぅ、あ、あっ待っ、……だめ、こわれちゃ、ぁ、あ——……っ」

ベッドを揺らしてイドが激しくユウリの中をかき乱すたびに、ユウリの下腹部から飛沫《しぶき》が飛び散る。

待って、と訴えたユウリがシーツを掴んで逃げを打とうとしても、ライオンの力で掴まれていたら逃げられるはずもない。ただでさえ繋がった場所から絶え間なく背筋を伝わってくる甘美な痺《しび》れに、まともに力が入らないのに。

「駄目だ。待てない」

乱暴な突き上げに解かれた口付けのせいでユウリの口の周りはイドのよだれだらけで——もしかしたら嚥下《えんげ》しきれなかった自分のよだれもあるかもしれないけれど——達しても達しても容赦なく襲い掛かってくる、経験のない快楽にユウリが逃げ出そうとすると首筋も肩も、背中もイドに甘く歯を立てられる。

ライオンに甘噛みされるたびに甘い声をあげて蜜を噴き上げてしまうなんて。

背徳的ではしたないと思うのに、どうすることもできない。

嫌じゃないのに嫌だと言って体をよじれば、ベッドに伏せようとした胸を押さえられて突起をつまみあげられる。

「んゃ、っぁ、あっ……イド、っだめ……僕、もう……っ死んじゃ、ぁっ……」

イドの大きなものを深々と突き挿《さ》されて、全身が蕩けてしまいそうなほどひっきりなしの絶頂に襲われ続けていると本当に死んでしまいそうだ。

呼吸だってまともにしていられないし、もう噴き上げる蜜もない。

広い胸の中にぎゅっと抱きしめられて拘束されて、イドが律動するたびに下肢から泡立つような水音が聞こえる。

そのいやらしい音の合間に、イドの笑い声がかすかに聞こえた。

「――ふ、初めて気が合ったな」

涙が滲んだ赤い目を開いてイドの顔をぼんやりと見上げる。

イドの顔は陰になっていても、金色の目だけははっきりと見えた。ユウリを見つめている、優しい目だ。

「俺も死にそうだ、……あんたがヨすぎて」

「っ……！」

体が、燃えてしまうかと思った。

イドもユウリの熱を感じたのかもしれない。喉を鳴らすように短く笑って、そのまま肩にやんわり歯を立てると深く埋めたものでユウリの泥濘《ぬかるみ》のようになった最奥を抉るように揺さぶり始めた。

「ぁ――……っ待、っ……だめ、も……っだめ……っィ、イド……っあ、あ――……っ！」

シーツを握りしめて全身を硬直させたユウリの手に、イドの指が絡む。

何度も何度も達しすぎて、自分でも別の何ものかになってしまったかのように感じられるほど過敏になったユウリの中を突き上げて、イドが息を詰める。

体の内側を焼き焦がすような熱い迸りを浴びせかけられた時、ユウリはもう何も考えられなくなっていて――ただ、イドの大きな掌を強く握り返した。


窓から差し込む朝日が、天蓋を通して柔らかな光を落としている。

はるか遠くから、とりの高い声が聞こえた。

時間は、もういつものユウリの起床時間をとうに過ぎているんだろう。宮殿内で慌ただしく働いているメスたちの足音が聞こえる。

「――……」

ユウリは、広いベッドの上で身を起こしたはいいもののそれきり動くことができず呆然としていた。

服はイドに脱がされてベッドの隅に放られたまま、体中どこもかしこもよだれと精液と、嚙み痕《あと》だらけ。下肢には今までに経験のない鈍痛が体の奥深くまで道を作っていて、しかも中がたっぷりと濡らされている。身動きしようものならばどろりと溢れてきそうなそれは、空が白くなる頃まで何度もイドに注ぎ込まれたものだ。

その張本人であるイドはユウリの腰をしっかりと抱きしめたまま、まだ夢の中にいる。

ただ、もちろんイドだけが責められる筋合いのものじゃない。

無防備な顔で眠っているイドの肩口にもユウリが声を抑えようとして夢中で吸い付いた痕がついているし、多分背中もみみず腫《ば》れになってしまっているだろう。

――交尾をしてしまった。

オスなのに。オスと交尾をしてしまった。

朝のさわやかな空気を胸いっぱい吸い込んで、長く長く、吐き出す。

頭はまったくスッキリしなくて、夜の間中、イドの腕の中で啜り泣いてはその唇を欲しがっていた自分のみっともない声がまだ反響しているようだ。

オスなのに、オスの種を受けてあんな風になってしまうなんて、ということにショックを受けるべきなのか、それとも結婚もしていない相手と欲望のままに交尾をしてしまったことを恥じ入るべきなのかわからない。

いや、そもそもライオンと交尾をするなんて、自分でもいったいどういうことなのかと混乱している。

両親に話せたものじゃない。いや、そもそもオスと交尾を――

「……あー……なんだ、もう起きたのか」

ユウリが頭をかかえて項垂《うなだ》れかけた時、隣のイドが身動いだ。

眩しそうに片目だけ薄く開いて、寝ぼけた声をあげながら我が物顔でユウリの腰を抱き直す。

「相変わらず朝早いな……」

ほとんど寝言のように低く唸ったイドが、大きく息を吐き出して枕に顔を伏せる。抱き寄せたユウリの腰に頬ずりするような近さで。

「っ、もう早くありません！」

まだ熱が残っているように感じる肌にイドの頬が触れるとそれだけで体がぶるっと震えあがってしまって、ユウリはごまかすように声を張りあげた。

喉が少し痛い。

多分、昨晩それだけ声をあげていたということなんだろう。

今更ながら宮殿内の誰かに聞かれてはいなかっただろうかと考えると、お腹が痛くなってきそうだ。

「イドも早く起きてください、今日も会議があるんでしょう」

「んー……」

傍らのイドの肩に手をかけて揺さぶっても、返ってくるのは不明瞭な唸り声ばかりで。

昨日あんなことになるまではこの広いベッドで遠く離れて眠っていたというのに、今日はこんなにしっかりと抱かれて離されないというのがなんだか――イドが安心しきってくれているような気がして、こそばゆい気もする。

「もうちょっと……」

「会議の準備はしてあるんですか？　昨日のたか族との会談内容をまとめたものは？　僕も参加が必要ですか？」

これでは嫁というより、母親だ。

自分の立ち位置に疑問を感じながらもイドの金色の髪に気安く触れてかき上げて、無防備な寝顔を覗き込むことができることに妙な優越感を覚える。

イドは昨日、ユウリの子供は可愛いだろうと言ったけれど――確かにこの大きなライオンの子供は可愛い、気がする。残念ながらイドとの子供ではなくてイド自身が子供なのだけど。そうと言ったらイドはどんな顔をするだろうかと思うとおかしくなってくる。

「……なに笑ってんだ」

眠っていたはずのイドの腕が不意に伸びて、顔を覗き込んでいたユウリの体はあっという間に引き倒されてしまった。

「！」

瞬間、どろりとしたものが下肢から溢れてきて顔が熱くなる。

そういえば、会議の前に湯浴みが必要だ。だけど、なんて言ってこんな時間に湯浴みに行けばいいというんだろう。しかも二人一緒に、なんて。

「イド」

「体はつらくないか？」

湯浴みの相談をしようとしてイドのあらわな胸に手をついた時、唇がすり寄ってきて思わず目を瞑ってしまいそうになる。けれど。

「つらくない……わけ、ないでしょう」

体のあちこちにイドの痕がつけられて、声も掠れるくらい何度も絶頂に突き上げられて。今までに経験のない劣情に溺《おぼ》れて気を失ってしまいそうになっても、それをまたイドの愛撫《あいぶ》で揺り起こされて。

そんな激しい交尾を朝まで続けられたら、全身がくたくただ。今日は一日ベッドで微睡《まどろ》んでいたいというのが本音だけれど、そうも言っていられない。

イドがしっかり仕事をしてくれるなら話は別だけれど。

「無理させたな。腕はまだ痛むか？」

ユウリが唇を尖らせて非難してもこたえる様子もない。イドは腕の中に引き寄せたユウリに内緒話でもするように低い声で囁いて、頬を啄んだ。

「腕は……大丈夫です」

もともと、そこまで痛むものでもなかった。むしろ、昨夜からイドのせいで胸を締め付けられる、この感覚のほうがよほど重症だ。

イドの唇が触れるたび、ベッドの中で甘やかに潜められた声に耳をくすぐられるたび、息ができないような気がしてくる。

「あんたはうさぎだし、俺だって多少手加減をしようと思ったんだが」

手加減と言われるのもなんだか気になるけれど、確かに手加減してくれと言いたくなったことは何度もあった。

初めての交尾なのに、体がめちゃくちゃにされるようでもうやめてと訴えてもイドはなだめすかして、ちっとも許してくれなかったから。

「そ、そうですよ。だいたいイドと僕とでは、体力が違うんですから」

「いや悪いのはあんただろ」

「は？」

思わず大きな声で聞き返すと、イドが一瞬目を丸くしてからふと笑った。

笑い声がユウリの頬をくすぐる。また胸が苦しくなって、仕返しにイドの胸を叩いた。少しもこたえていないようだけど。

「あんたがあんまり可愛いから悪い」

屈託なく破顔して、朝日みたいなキラキラしたまつ毛を伏せて笑うイドのほうがよほど――と思うけれど、顔が熱くなって、言葉が出てこない。

種別の違いこそあれ、オスがオスに交尾を迫られて可愛いだなんだと言われるのだって、きっと怒るべきことなのに。

「あんたみたいに凶悪なうさぎは見たことがない」

「き……っ、凶悪!?」

顔から火は噴きそうだし、勝手に悪いことにされているし、もうどうしたらいいかわからない。イドはそれすらも愉快そうに笑っていて、硬直したユウリの頬を指先でつつくように撫でながらもう一方の頬を何度も吸い上げる。

「っちょっと……イド」

唇が頬からゆっくりと首筋へ下降していこうとするのを察してユウリが慌てて身をよじると、顔を伏せたイドがふと漏らすようにつぶやいた。

「――あんた以外のうさぎが人質として送られてきてたら、俺はどうしてただろうな」

「っ……」

ありもしない、だけど十分あり得たかもしれない話だ。

あるいはうさぎじゃなくて、人間の末王子が同盟の証として送られてきていたかもしれない。

クローヴァ王国の大臣たちの間でどんなやり取りがあったのかユウリには知る術《すべ》もないけれど。

だけどそんな想像をするとちょっと嫌な気分になるくらい、ユウリはこの国に慣れてしまった。イドだけじゃない。シムやルシア、大臣たちのことも——イドは否定するだろうけれど——信用に足るライオンだと思っている。

うさぎは弱い種族だから、あまり自国を出たがらない。

ユウリがこうして他の国を知ることができたことは、今となっては本当にありがたいと思っているし、そう思わせてくれたのは他ならない、イドだ。

その感謝の言葉を告げようとしてユウリがイドの頬に手をかけようとすると、その前にイドが顔を上げてユウリを見つめた。

「あんたで良かった」

そんなことを、そんな優しい顔で言われたら息もできなくなってしまう。

ユウリだって、同じ気持ちだ。

もし、アッティーカの国王がリドだったならユウリは今頃生きてはいないかもしれない。あるいはもっとひどい目に遭《あ》っていた可能性だってある。

イドがいたから、ユウリはクローヴァ王国にいた時以上の幸せな気持ちを感じているのだから。

全部イドのおかげだ。

「イド、僕も――……」

温かいものでいっぱいになった胸の内を告げようとして口を開くと、その唇をちゅっと吸い上げられる。

「ちょっと……！　イド、あの……っん、ちょ、僕に、話、っ……んぅ、ん、っ――……」

ユウリが口を開こうとするたびに子供みたいに笑ったイドが口付けで塞いできて、少しも言葉が継げない。

ベッドを揺らして暴れたユウリがイドを引き剝がそうとして胸を押しやってもやっぱりびくともしなくて、それどころかまだ湿っている肌の上をイドの優しい手が撫で始めた。

「ぁ、っ……ちょ、っとイド……っやめ」

ちょっと動いただけでも後ろがこすれて背筋を痺れが走るというのに。

イドの手であちこちの噛み痕を撫でられたら体が震えてしまう。

まだ体の最奥の部分にイドの感触をまざまざと覚えているのだから、仕方がない。

「ぁ――……っもう、本当に、やめてくださ……っ」

驚くほどあっという間に体が熱を帯びてきて、自分でもたった一晩でこんなにはしたなくなってしまったのかと泣き出したくなる。

「そんな声でやめろって言われてもなあ」

イドの手を逃れようとしたけれど蹲《うずくま》った体にのしかかられて、イドのものも昨晩と同じくらい熱くなっているのがわかった。

あんなにしたのに、と驚いた声をあげそうになって口を噤む。

「悪いうさぎちゃんは、朝飯代わりにたっぷり可愛がっとかないとな？」

背後から耳元へ寄せられた、イドのからかうような甘い声。

ユウリが振り返って悔しまぎれに睨みつけると、イドは無邪気に笑った。

「次に、クローヴァの森の拠点からの要請で……」

大臣が取りまとめた報告書を読み上げるシムの声が議場に響く。

このところは毎日少しの時間でも執務の進捗状況を会議で共有することが定着してきた。

イドは毎日会議に出る必要はないだろうと渋っていたけれど、これまで疎《おろそ》かにしてきたことを整えるために必要なんだとユウリが説得すると、不承不承肯いてくれた。

会議の時間は昼食前。昼下がりに設定するとライオンのオスたちはみんな午睡に入ってしまうし、老齢の大臣は午睡の時間が長いので、夜に差しかかった時間に会議をする羽目になってしまう。

ユウリとしてはどちらでもいいと思ったけれど、イドが早い時間を選んだ。

曰《いわ》く、夜はユウリと過ごす時間だから——だそうだけれど、結局早い時間の会議もイドは大きな欠伸を漏らしている。

「イド、ちゃんと聞いてください」

肘掛けに凭れて眠そうにしているイドの肩をつつくと、やる気のない唸り声が返ってきた。

昼食前に会議をするということは、昼前に起きなければいけないということだ。

どうせ午睡もするんだから朝くらい早く起きられるだろうというユウリの期待は、初日からつまずいていた。

なにしろ毎晩、空が明るくなるまでベッドの上でユウリの体を貪っているのだから、イドが起きられないのは当然だ。

「あんたが聞いといてくれれば安心だろ」

「あなたが国王なんですから、しっかりしてください。僕は責任持てませんよ」

隣の席のイドの爪先を踏みつけてやろうかと睨みつけると、シムが報告書をめくる手を止めて咳払いをした。

反射的に背筋を伸ばして、大臣の顔ぶれに視線を戻す。

もうすっかり、大臣も慣れた顔をしている。

ルシアの献身的な介抱のかいあってシムが負った傷は大事にならず、リドの座っていた席はまだ空白だけれどアッティーカ王国の議場は穏やかなものだった。

ただ、ふとした時にイドが欠伸をするのとタイミングを同じくしてユウリが顔を伏せて欠伸を噛み殺すことに、大臣たちは苦笑を浮かべているけれど。

国王の「嫁」がオスだなんて、他の国じゃ考えられないことだ。

世襲制ではないアッティーカ王国だから後継ぎがなくても誰も苦言を呈さないのだろう――というのはシムの言葉で、それほどまでにユウリがイドの嫁だなんていう話が広まっているのかと思うと頭をかかえたくなる。

とはいえ、実際毎晩広いベッドで身を寄せ合って眠って、イドが肌を撫でる手を止めることもせずに、結局は同じように夜通し交尾に明け暮れてしまっているのだから言い訳のしようもない。

本当に、よく体がもっているものだ。

イドに無理強いされて仕方なくそうなっているわけではない、というのがもっと問題だ。

最初の数日は体が重くて、こんな生活長く続けられるものじゃないと思っていたし、イドもそれを察して「今日はただ一緒に眠るだけでいい」と言ってくれる夜もあった。

だけどイドの逞しい腕にすっぽりと収まってとりとめもない話をしながら時折口付けているうちに——そうなってしまって、結局朝を迎えてしまう。

イドが言う通り、ユウリは悪いうさぎなのかもしれない。

いや、単純にはしたないうさぎだろうか。

「たか族からの新しい情報はありましたか？」

もう少しでうたた寝をしてしまいそうなイドの膝を密かに叩きながらユウリが身を乗り出すと、シムが首を振る。

その後の調査で、たか族はハイエナの拠点はあまり大きくないと判断したらしい。

最初にハイエナの動向を突き止めたライオンたちの報告ではほとんどのハイエナが新たな首領に従っているという話だったのに、それでは話が食い違うのではないかというライオン側と、我々は見てきた通りに話しているだけだというたか族側の意見は真っ向から対立していて、あまり状況が良くない。

　クローヴァの森に先行しているライオン軍の情報が国に届くまでがあまりに遅くて、じれったいくらいだ。

「ハイエナもまだ体制を整えている最中なのか……」

だとしたら、まとまりきってしまう前に叩くべきだと言う大臣もいる。

うさぎであるユウリにはその判断はできない。隣のイドを窺うと、まるで真剣に物事を考えているかのような端正な顔で目を瞑って、多分眠っている。

　ユウリは聞こえよがしに大きくため息を吐くと、シムを仰いだ。

「では引き続き、情報を待ちましょう」

　シムが静かに肯く。場内の大臣たちも異論はないようだった。

　イドとの関係を知られているせいなのか、あるいはユウリのことを見直してくれているのか、大臣たちはユウリが会議を取り仕切ったところで不満の声ひとつあげない。

「それでは、クローヴァの森で偵察を行っている軍の皆さんへの食糧補給についてはよろしくお願いします。明日は今後の軍備予算について話しましょう」

　よろしくお願いします、とユウリが頭を下げると、大臣たちもそれにならう。

最近は宮殿に出入りするライオンたちの間でユウリの長い耳が人気らしいとイドは面白くなさそうに言っていたけれど、確かにライオンから見れば頭を下げるたびに動く長い耳は物珍しいんだろう。

ユウリが顔を上げると、こちらを見ている大臣たちと目が合った。

「ふぁ……やっと終わったか。それじゃ、メシ食いに行くぞ」

一方で、隣で寝ていたのが国王のはずなんだけれど。

ユウリがじとっと視線を向けると、イドは悪びれもなく手を差し出している。その様子を見た大臣たちも笑っている。

「まったくもう、本当にあなたって――」

それでも国王ですか、と苦言を呈そうとしたその時、慌ただしい足音が会議場に飛び込んできた。

「イド様！」

大きな音をたてて開かれた扉から、息を弾ませた若いライオンが飛び込んでくる。ほとんど少年に近いそのライオンはシムの手前で膝をつくと、イドに向かって深く頭を下げた。

「ご報告いたします！」

尋常じゃない様子に、席を立ち上がりかけていた大臣たちも顔を見合わせた。議場に緊張が走る。

イドも頬杖をついた顔の片目だけを開いて、報告を促した。

「――リド様がハイエナどもと手を組んだと、たか族が……！」

大臣たちが驚きの声をあげる。

中には、リドが国を追放されたことも知らなかった大臣もいたようだ。ユウリもリドの処遇について議題に上らせようとは思わなかったし、イドが言わないでいるのもユウリを気遣っているせいかもしれないと思っていた。

「リド様が？」

「ハイエナと……！」

鼻に皺を寄せたライオンたちが口々に動揺した声をあげる。

ユウリは冷たくなった手を胸の前で握って、イドを振り返った。動揺した大臣たちも同じように、国王でありリドの兄でもあるイドの言葉を待ったけれど。

「報告はそれだけか？」

薄く開いていた目も閉じて、イドは大きく伸びをしただけだった。緊張した様子は微塵もない。

もしかしたら、イドにとっては予想していたことだったのだろうか。

確かに国王の座を狙うリドにとってはアッティーカに攻め入るのにハイエナと手を組むのは理にかなっているのかもしれない。

ユウリはリドの薄ら暗い微笑みを思い出して、ぞっとした。

「イド、軍を補強しますか」

クローヴァの森に先行させたライオン軍は偵察程度の頭数しかいない。

リドがどれくらい部下を連れて行ったのかはわからないけれど、たか族が思いのほか少ないと言っていたハイエナと合流したらそれなりの戦力になるかもしれない。

ハイエナがただ建国するというだけならまだしも、リドが加わったのだとしたら彼らの目的はまず、アッティーカを揺るがすことになるだろう。

それを食い止めるとしたら――

「いや？　別に」

緊張して息を詰めたユウリとは対照的に、イドの欠伸が漏れた。

「えっ」

「大した報告じゃなかったな。じゃ、解散」

ひらりと手を振ったイドが椅子から立ち上がって目をこする。

今にも寝てしまいそうなその様子からは、兄弟間にあった確執をわざと隠しているようには見えない。

というか、この期に及んで隠す必要もない。リドが明確に敵になったのだから。

「ち、ちょっとイド……あの、リドが連れて行った部下の数を把握したり、対策を講じる必要が……」

「大した数じゃないだろ」

ユウリと同じように困惑した様子の大臣たちに意外そうな目を向けたイドが、頭を掻く。

「弱い奴がどれだけ束になったところで雑魚《ざこ》は雑魚だ」

リドに一瞬で片を付けたイドの強さを思い出す。

だけどあの時は一対一だったし、リドだって今度はしっかり対策を練ってくるだろう。まして、向こうには今まで野放図だったハイエナたちを束ねたという得体の知れない首領がいる。

何が起こるかなんて誰にも予想できないのに。

「ちょっと油断しすぎなんじゃないですか？　リドはアッティーカ王国の軍事にも通じていましたし、情報を漏らしている可能性だってあります」

むしろ、それを土産《みやげ》にしてハイエナに取り入っているのかもしれない。

ハイエナはずる賢い種族だと有名だ。敵対しているライオンを仲間に引き入れるのに、タダで信用するなんてことはないだろう。

ユウリが不安を募らせてぎゅっと胸を押さえると、不意にイドの大きなため息が聞こえた。

顔を上げる。イドは、呆れたような顔でユウリを見下ろしていた。

「ウチはクローヴァ王国と違う」

「……どういう意味ですか？」

反射的に、なんだかクローヴァ王国を見下されているような気分になって、ユウリは握りしめた手を震わせた。

イドにそのつもりはなかったのかもしれないけれど、クローヴァは戦闘能力が劣っていると言われたような、そんな気がして。

イドはクローヴァ王国に一目置いているはずだ。

――だけどそれは、かつてあったという人間の国に対してだけだったのか？

ユウリが耳を伏せてイドを見据えると、それを察したかのように大きな掌がひらりと目の前で揺れる。

「ああ……だから、守りに走る必要はねえって言ってんだよ。リドがハイエナどもと攻め入ってくるなら、迎え撃ちゃいいだけだ。ライオンにはそんだけの力がある」

「ライオンが強いのは知ってます。でも、相手もライオンならば通用しないかもしれないじゃないですか」

それに、ハイエナだってライオンと同等の強さだと言われている。

すぐに全面的な交戦状態になることはないかもしれないけれど、今までの膠着《こうちゃく》した状況が大きく変わる可能性がある。だから、この若いライオンだって血相を変えて報告に来たんだろう。

何も、ユウリだけが緊張しているわけでもないのに。

「イドは状況を甘く見すぎなんじゃないですか」

眠いから適当に会議を切り上げたがっているようにしか見えない。

今だって、少しも椅子に戻ろうとはしないで悠然とユウリを見下ろしては面倒そうにため息を吐いている。

「大丈夫だって、俺なりに考えてるから。あんたは何もわからないんだから、俺に任せておけば――」

「じゃあちゃんと仕事してください！」

ユウリが声を張りあげると、様子を窺っていた大臣たちが顔を見合わせた。この時のユウリにはそんなこと気にもならなかったけれど。

「してるだろ」

「してないです！　だから僕が会議に参加してるんじゃないですか」

視界の端で、シムが口を挟みたがっている様子が見えた。

シムはどうせ、イドの味方をするに決まっている。遠巻きにこちらを見ている大臣たちも同じだ。

当然だ。イドはライオンの王で、ユウリはただのうさぎなんだから。

だけど、ユウリだってアッティーカ王国のことを考えているから攻め入られる前に手を打つべきだと言っているのに。

何を怒っているんだと言わんばかりに眉を顰めたイドに腹が立って、体が震えてくる。

「そもそも、あんたが最初に会議に参加するって言い出したんだろ？」

「――！」

気付くと、ユウリは机を叩いていた。

うさぎがそうしたところで、議場にいるライオンの誰も驚きもしなかったけれど。

「……もう、いいです」

好きにしたらいい。

勝手に他国の執政に口を出したユウリが悪かった。

イドがいくら冗談で嫁だなんだと言ったって、所詮《しょせん》ユウリはただの人質なんだから。

低くつぶやいたユウリの声はライオンの唸り声には似ても似つかなくて。

イドが何か言いかける前に踵を返すと、足早に議場を後にした。

＊　＊　＊

「ユウリ、あーそーぼ！」

抜けるような青空に子供たちの声が響く。

東の寝所の窓から顔を覗かせているのは一番大きな長兄《ちょうけい》のテオだけで、その下の弟二人は窓の下で声だけをあげている。

ユウリがイドの私室を出てこの東の寝所に戻ってきてから、何日経っただろうか。

いつの間にかそのことを嗅ぎつけた子供たちは毎日のように誘いに来てくれた。無邪気で可愛くて、聞いているだけで日向のにおいを感じるような笑い声とともに。

だけど。

「……何度言えばわかる。ユウリ様と戯《たわむ》れることはできない」

子供たちの天真爛漫な声を無慈悲に突っぱねるのは、他ならない子供たちの父親であるシムだ。

明るいうちは東の寝所の窓に張り付いて、子供たちの侵入と不審者が近寄らないように目を光らせている。

「いいじゃないですか、部屋の中に入ってもらえば危ないこともないですよ」

「ユウリ様には何者も近付けないように、とイド様のご命令ですから」

シムは一日中少しも姿勢を崩さずに、まるで室内の調度品のようにユウリの部屋に佇んでいる。

クローヴァ王国の騎士たちだってまだ融通が利くと思うくらいだ。

シムの気持ちになってみれば、一度は自分の油断が原因でユウリを危ない目に遭わせたのだから頑《かたく》なになるのも理解はできる。

喩え自分の幼い息子たちでさえ信用できない、と言い切ってしまうのは問題な気もするけれど。

「じゃあシムも一緒に遊んだらいいじゃないですか」

「とうさま、あそぼー」

末の子供の舌足らずな声が聞こえるとシムの心も少し揺らいだようだ。しかしすぐに鋼《はがね》の心を取り戻して小さく首を振る。

ユウリがアッティーカ王国にやってきた時、最初に接したライオンがシムだった。

あの時は寡黙で威圧的で、とにかく怖くて不愛想なライオンだと思ったものだけれど。

今は、彼が実直で子煩悩なライオンにしか見えなくなっているから不思議だ。

「ほらほらみんな、お父様を困らせたら駄目でしょ。こっちで遊びましょう」

遠くからルシアが子供たちを手招く。

その声にユウリが立ち上がって窓越しに顔を窺うと、ルシアは満面の笑みでこちらに会釈《えしゃく》をしてくれた。

自分のせいでシムに怪我を負わせてしまったことを、いつかしっかりお詫びしたいと思っているのだけれど——今はルシアでさえユウリに近付くことは望ましくないらしい。

それを判断するのも、シムの仕事だ。

何故ならあの日会議場で喧嘩をして以来イドはどこかに行ってしまったからだ。

イドが宮殿を不在にしているということさえ、シムの口から聞いた。もっとも、喧嘩をした翌日にイドが出かけるからと告げに来たところでユウリは聞く耳を持たなかっただろうけれど。

シムでさえも信用するな、自分のそばにだけいればいいと言っていたのはどこの誰だったかと呆れて、ユウリはイドの所在について尋ねる気も起きなかった。

ただ外出する用事があったのかもしれないし、あの時喧嘩をしていなければユウリも同行させる予定だったのかもしれないし、だとしたら前もって話してくれない自分勝手さにも腹が立つし、結局会議を放って何日も出かけていることに対しても腹が立つし、ユウリは考えれば考えるほどイライラして大きなため息を吐いた。

朝晩を問わず大きなため息を吐き出す日が、もう何日過ぎたか知れない。

以前は、この部屋で一人で過ごすことなんて苦でもなかったのに。

アッティーカ王国のことなど何も知らず、ライオンはみな野蛮だと思っていた時に比べるといろんな物音が聞こえるせいかもしれない。

庭で遊ぶ子供たちの笑い声、はつらつと働くメスたちの声。夕方になると遠巻きにユウリの様子を見に来る大臣の姿もあった。ユウリが会釈をすると、気遣わし気な表情を残して去っていく。

すっかり、アッティーカにも知った顔が増えた。

だけど一番長い時間、一番近くで見ていたはずの不遜な顔をしたライオンの姿は見えない。

イドの広い部屋よりは手狭な寝所に移動してきたはずなのにやたらと部屋が広く感じられる。

ユウリが立て続けにもう一度ため息を吐きかけた時、シムがうつむくように頭を下げた。

「ユウリ様、申し訳ありません。イド様の言いつけですので」

「……こちらこそすみません。シムに護衛していただいていることが嫌なわけではないのに」

シムだって、こんな憂鬱《ゆううつ》な顔をしたうさぎのそばにいるのは嫌だろう。

気分を切り替えるようにユウリはぶるっと一度大きく首を振ると、外を眺めていた体をシムに向けて座り直した。

「シムは、いつからイドの従者をしているんですか？」

ユウリに背を向けていた頃のシムにだったら、こんな話を振るなんて考えられなかったけれど、今なら自然に尋ねることができた。

シムだってただユウリの部屋で黙って立っているよりは話していたほうが気が楽だろう——だといいのだけど。

「イド様が、国王に即位される少し前からです」

「どうしてイドについていこうと思ったんですか？」

ユウリを見下ろすシムからは、もう威圧感は覚えない。

私的な質問をしても、シムは嫌な顔ひとつ浮かべない。ただ表情があまり変わらないから、シムがどんな性格なのかを知るまでは怖いと思ってしまっていた。

どんな種族でも、どんな表情をしていても、話してみなければわからないことばかりだ。

「イド様は優れた国王になるお方だと感じたからです」

視線を伏せたシムの瞼の裏には、今よりも若い頃のイドの姿が浮かんでいるのかもしれない。

イドが国王になる前はどんな若者だったのか、ユウリが知ることは叶わない。そう思うと、胸がもやもやとしたもので翳《かげ》る。シムが悪いわけでも、イドが悪いわけでもないのに。

「……イド様の前の国王は強い方でした。ただ、その強さに溺れ……戦の絶えない国だった」

シムが窓の外で駆け回る子供たちへ視線を向ける。

守りたいものがいるなら、無益な戦いはしたくない。その想いは、ライオンも他の種族も変わらないんだろう。

ユウリや他のクローヴァ国民がライオンは野蛮で暴力的な種族だと思っているのは、前の国王の影響なのかもしれない。今、アッティーカ王国でオスたちが午睡していても子供が遊んでいられるのはイドが国王になってからのことなのだろうか。

「イド様は我々国民が穏やかに過ごせる国を作りたいと考えて、国王になることを選んだ方です」

権力や、強さのためではなく。

暖かな光の差す窓辺で、子供たちのはしゃぐ声に混じって淡々と紡がれるシムの穏やかな声。沁《し》みるようなその言葉に、ユウリは胸の前で手を握った。

イドがハイエナとの戦にあまり乗り気じゃないのは、国民を守りたいからなのかもしれない。

ハイエナが建国すれば確かに脅威にはなるけれど、ハイエナたちから何か仕掛けられたわけでもない。それを戦にすれば、傷付くのはアッティーカの軍人たちだ。

ユウリは、ライオンは戦える力を持っているのに何故それを使わないのかとばかり考えていた。

急に恥ずかしくなってきて、顔を覆いたくなる。イドが帰ってきたら謝りたいと思ったし、あの場にいた大臣たちからもどう思われただろうと恥ずかしくなってきた。

「――だからこそ、私欲に駆られたリド様を許すことはできません。彼を討《う》つためならば、軍を侵攻させる必要もあると考えています」

ユウリの気持ちを和らげるように、しかし厳しい口調でシムが続ける。

気を使わせてしまった。ユウリは首を竦めて、シムに苦笑を浮かべてみせた。

「もっとも、国王になられたことでイド様の命を狙う輩《やから》は増えました。ライオンの王の宿命ではあるのですが」

「そう……ですね。誰のことも信用できないと言ってました」

国民のことを考えて王になったのに、そのせいで誰のことも信用できなくなるなんて理不尽な話だ。

ユウリが顔を顰めて窓に額を寄せると、窓に映ったシムがふと笑った――ように見えた。驚いて振り返ると、相変わらずシムは無表情なままだったけれど。

「それでもイド様は、安心できる相手を探していたように思います」

急にシムがイドよりも年配者らしいことを言うものだから、笑ってしまったのはユウリのほうだった。

「そうですよね。シムのことも信用したら駄目だとか言ってましたけど、本当はすごく信頼しているんだと思います」

「ええ、恐れ多いことです。――イド様の大切な方を預けていただけているのですから」

「っ！　大切な人って……」

思わず耳をぴんと立てて飛び上がる。シムはからかっているのか本当にそう思っているのか、表情からは何も読み取れない。

「そりゃ、あの……うさぎなので油断はしてるかもしれませんけど……」

リドが言っていたように、うさぎはライオンを容易には殺せないだろうしアッティーカの国王の座を狙うこともない。

だから、そばにいても気を抜いていられるのだろう。

――それだけの理由で、あんなことをするとは思わない、けど。

耳の先まで熱くなって、ユウリは項垂れた。

「うさぎとはいえ、他国の者を宮殿に入れることには反対するライオンもいました。間者の可能性は否定できません。リド様がそうしようとしたように」

苦みを帯びた声にユウリが顔を上げると、シムは小さく肯いていた。

必要とされていない人質であるだけではなく、間者の疑いもあったのか。ユウリはつくづく平和ボケした己を恥じて、顔を覆ってしまいたくなった。

となると、ユウリが鍵もかけられていない部屋に放り込まれたのは、泳がせる目的もあったのだろうか。だとしたら、イドがしきりに訪ねてきていたのは——

「もちろん、ユウリ様はそのような不届きな輩ではありませんでした。そのことがわかってからもイド様はユウリ様のそばを離れようとはしなかった」

「…………」

今度は、熱くなった顔を隠したくなってくる。

イドがユウリを見張る必要がなくなってからのほうが、互いの距離は近くなった。体の距離も、心の距離も。

火照る耳を毛づくろいしながら視線を伏せると、イドの優しく触れる指先を思い出す。ユウリを傷付けないようにおそるおそる撫でる、優しい手。ユウリが快楽の波にさらわれてどうにかなってしまいそうな時に必死に縋《すが》りつくと強く握り返してくれる手。

痛いくらい強く吸い付いてくる唇も、熱くてユウリの口がいっぱいになってしまうような舌も、過敏になったユウリの足に絡みついてくる長い尻尾も、もうずいぶん長い間感じていない気がする。

たった数日間だって、耐えられない。

だって、ずっとそばにいるって言っていたのに。

「……イドはどこに行ったんですか？」

この数日、ずっと喉まで出かかっていたけれどそのたびに腹立たしさで抑えていた質問。

ユウリが縋るように見上げると、シムはまるで子供たちに向けるような眼差《まなざ》しでかすかに笑った。

「イド様は今、果実を採りに向かわれておいでです」

「え？」

思いもよらない返事に、思わず目を瞬かせる。

果物、と言われるとひとつしか思い当たらない。イドが、アッティーカでしか採れないと言っていたあの甘くて美味しい果実。思い出しただけで思わず生唾がこみあげてくる。

確かに、ユウリのそばにずっといたら採りに行くことができない、と漏らしていたけれど。

でもイドが宮殿を空けてもう何日も経つというのに。

「あの果実がなっているのはアッティーカの果てにある険しい山の中で」

ユウリのぽかんと開いた口からは短く息が絞り出されたきり、言葉が継げない。

アッティーカは荒野のような広い土地が続くばかりだ。見渡す限り実のなるような木は見えないし、遠くに見える小高い丘にも木は立っていない。

山なんて、どんなに目を凝らしても見えないくらい遠い。

アッティーカの領地の広さにも驚くけれど、そこまでわざわざ果物を採りに行ったなんて。

「クローヴァ王国からうさぎがやって来ると決まった時に、贈答品として取り寄せたものをユウリ様がいたくお気に召されたようなので」

確かに美味しくて、たくさん食べたいとは言ったけれど。

「……仲直りの品はご自分で採ってきたかったのでしょう」

今、もし目の前にイドがいたら、その胸を叩いて「馬鹿じゃないか」と言ってやっただろう。

だって、そんな風に贈られた果物なんてもったいなくてきっと一口だって食べられない。胸がいっぱいになって、果物なんかよりも甘い口付けが欲しくなってしまうように決まっている。

ユウリがぎゅっと唇を噛んでうつむくと、シムが笑みを隠すように自身の口元を押さえて短く咳払いした。

「もうじき戻られることでしょう。……きっと、イド様もお急ぎでしょうから」

ユウリは言葉が出てこなくて、黙って小さく肯いた。

イドが帰ってきた時、どんな風に出迎えてやろうかと考えながら。

「イド様のあのお急ぎの様子なら、すぐにお戻りになられますよ」

――と、シムは言っていたけれど。

ユウリは東の寝所の狭いベッドの上でまんじりともせず、窓の外を眺めていた。早く外が明るくなればいい。そうしたら、イドが帰ってくるかもしれない。

果実がなっている山というのがどれくらい遠くて、シムの言う「すぐ」がいつなのかもわからないのに、まるで自分が道理もわからない子供になったみたいな気持ちだ。

実際、国民を思う王であるイドの気持ちも知らないで一人で腹を立てていたんだから子供そのものかもしれない。

謝ったら許してくれるだろうか、という不安と、仲直りのために果実を採りに行ってくれているイドに期待してしまう気持ちが入り混じって胸が苦しくなる。

イドが帰ってきたら、せっかく採ってきてくれた果実に目もくれず、あの逞しい胸に飛び込んでしまいそうだ。

そう思ってはいるものの、実際イドを目の当たりにしたら馬鹿馬鹿と言ってしまいそうな気もする。

子供みたいに腹を立てたユウリを放って果実を採りに行ってしまうなんて、馬鹿だ。

わざわざそんな遠くまで、国王なのに。

「――……」

ぎゅっと締め付けられるような気持ちを抑えるように布団を握りしめたけれど、とてもじっとしている気になれない。

東の寝所にあるベッドはなんだか初めてこの国に来た時と同じように真新しいにおいがする。

ただの人質のうさぎを丁寧にもてなしてくれているけれど、それが今はかえってアッティーカの者ではないという事実を突き付けられているようだ。実際、ユウリはアッティーカの国民じゃないのだから当たり前だ。だけどそれが、無性に寂しい。

「はぁ……」

なかなか寝付けない体を起こして、暗い部屋を見渡す。

ユウリには贅沢《ぜいたく》すぎるような部屋だ。感謝すべきことだとはわかっているけれど、この部屋は殺風景でなんだか落ち着かない。

ユウリはそっとベッドを降りると、意を決して扉に向かった。夜はさすがにシムも警護を離れて、代わりに部屋に鍵をかけてくれている。内側からは開く鍵だ。

その鍵を自分で開いて、おそるおそる廊下を窺う。宮殿内には点々と明かりがついているけれど、ほとんどのライオンは寝静まっている。今起きているのは宮殿の外の警備くらいのものだろう。

ライオンは午睡もするのに夜も眠るし、まったく怠惰な種族だ、とユウリは呆れていたけれど、それはイドが国を平和なものにしたおかげなのかもしれない。

シムの目で見るイドは本当に凜々《りり》しくて、立派な王なんだろう。

ユウリの目にだって、別に悪く映っていたわけではないけれど——次に会ったらどんな風に見えるのか楽しみだ。もしかしたらあまりに眩しくて直視できない可能性もある。想像してみただけで、呼吸が苦しくなるくらい緊張してきた。

ユウリは胸に手を当てて熱いため息を吐きながら静かな廊下をそろりそろりと進んだ。

以前は広すぎて迷子になっていた宮殿も、今はもう慣れたものだ。イドの部屋は南の突き当たりにある。

夜が明けてイドが帰ってきた時に、ユウリが部屋で待っていたらイドは喜ぶかもしれない。喜ばなくてもいい。少しでも早く、もう怒っていないと伝えたい。

それから——自分の気持ちも。

張り裂けそうになる胸を押さえながらイドの部屋に向かう足が自然と速くなる。

起きているライオンの気配もないし、廊下を走ったところで誰からも咎《とが》められないだろう。ハインドマン家の長男としては決して褒められたことではないけれど、きっとイドなら廊下を走ることの何が悪いと当然のように言うだろうし。

　小さな足音を跳ねさせて、宮殿の南端にある一際大きな部屋を目指す。

　と、不意に廊下の曲がり角から影が差してきてユウリは慌てて足を止めた。まだ起きているライオンがいたのか、あるいは警護の交代時間か。はしゃいでいた足音が聞かれていないことを祈りながら様子を窺っていると、ずるり、と何か重いものを引きずる音が聞こえた。

「……っ、ぅ……」

　静まり返った廊下に、這うようなかすかな呻き声が響く。

「！」

　考えるより先に、ユウリは飛び出していた。曲がり角に飛び込む。

　大きな体のライオンが、倒れこむところだった。

「どうしたんですか！」

　驚いて張りあげた声が思わず掠れる。屈強なオスライオンがどっと倒れたところへ駆け寄って肩を摑むと、ひどく熱い。息も苦しそうにぜえぜえと喘いで、苦悶《くもん》の表情を浮かべている。

「熱……？」

　玉のような汗が浮かんでいる額に手を伸ばしながらユウリは震える声でつぶやいたけれど、自分の声がどこか虚《うつ》ろに聞こえる。ただの熱じゃないことを本能で感じていた。

ざわざわと、全身の毛が騒ぐ。

嫌な予感がする。

「――ユ……様、」

喉を鳴らすような唸り声をあげたライオンの口からは、泡が漏れている。

さっきまでイドのことを思っていた胸が不安で掻き乱されて、心臓が早鐘を打っている。

「逃、げ……」

ライオンが短く痙攣した。それきり、大きな体は力を失ったように動かなくなった。

「――……！　誰か……」

腰が抜けそうになる体を奮い立たせて廊下を這い、一番近くの扉へ飛びつく。

イドの部屋の近くに並んでいる部屋の多くは大臣の私室のはずだ。誰かしら眠っているだろう。

「すみません、廊下で誰か倒れて――……」

医者を呼んでほしい、と叫びにも似た声を振り絞りながら部屋に飛び込むと、そこには床に倒れこんだライオンの夫婦の姿があった。

「!!」

どちらも苦しそうに胸をかきむしっている。

「……！」

何かが起きていることは明白だ。

だけど、何が起きているのかわからない。

宮殿の中は相変わらずおそろしいくらい静まり返っている。

「——誰か！　誰かいませんか……！」

ユウリは恐怖で自分の吐息すら冷たくなっているのを感じながら踵を返して部屋を飛び出した。返事はない。隣の扉を叩き割るようにノックをしても、その隣も、隣も。

戦慄《せんりつ》して立ち竦んだユウリの前方で、呻き声をあげながら部屋を出てきては廊下で倒れるライオンたちの姿が見えた。

宮殿にいるライオンすべてがこうなっているのか——それともアッティーカ全土が、なんらかの攻撃を受けているのか。

息が浅くなって、頭が働かない。

ライオンに攻撃されたらどうしたらいいかは人間に教わってきたけれど、ライオンを守る方法なんて知らない。ましてや、何が起こっているのかもわからないのに。

どうしよう、どうしようと考えるばかりで髪をかきむしるように頭をかかえた、その時。

子供の泣き声が聞こえた。

「——シムの部屋だ！」

その場に座りこみそうになってしまった体に力が戻ってくる。

咄嗟に駆け出して、シムの私室を目指す。

「テオ、カイ、リオ！　返事をしてください！」

自分でもこんな声が出せるのかと思うくらい大きな声を張りあげると、一瞬の間の後、シムの部屋の扉が開いた。

「ユウリ……っ、とうさまと、かあさまが……」

泣きじゃくっている二人の弟を震える手で抱きしめたテオが顔を覗かせて、ユウリはようやく大きく息を吐いた。

「大丈夫ですか？　みんなは、なんともない？」

転げるように三匹のそばに駆け付けて膝をつくと、たまらずに子供たちを抱きしめる。

一番小さなリオは声もあげられないくらい怯えているようで、ユウリの胸はずたずたに引き裂かれるようだ。

ユウリにきつく抱きしめられたテオも黙って小さく肯くだけで、泣き出すのを我慢しているように見える。

「ごめん、僕にも何が起こってるのかわからなくて――」

子供たちがなんともないということは、ライオンの食事に毒が盛られていたとか、そういう可能性はないようだ。だけど、そのせいで余計にわけがわからない。

魔法やそういう類《たぐい》かとも思ったけれど、クローヴァ王国にいるうさぎ以外に魔法を使える種族がいるなんて聞いたことはないし、子供とユウリになんの影響もないというのはやはり理解できない。

「ユウリ、あの……たぶんだけど」

震える声を振り絞って、テオが口を開く。

抱きしめていた腕を緩めて顔を窺い、柔らかい髪を撫でる。恐怖のせいだろう、汗でびっしょりと濡れている。

「たぶん、またたび、だと……思う。またたびは大人のライオンにしか効かないから……」

「またたび？」

ライオンなどの種族が好んで嗜《たしな》む酒のようなものがあるという話は聞いたことがある。だけどそれは性質が良くないとはいえ、娯楽目的で使われているはずだ。こんな風に苦しむものだとは聞いていない。それに、眠っていたはずのライオンたちが一斉に服用するなんて――。

「……！」

瞬間、ぞっとする気配がユウリの首筋を走った。反射的に立ち上がって子供たちを背に隠す。

「あっれ～？　うさぎがいる」

そこには、痩せすぎのけものが立っていた。

——虚ろな目をした、ハイエナだった。

「アッティーカではうさぎ飼ってんの？　食材が自由に歩き回ってるとかウケるんだけど」

引き攣ったような笑い声が、薄暗い宮殿に響き渡る。

背後で泣き声を押し殺している子供たちを庇いながら、ユウリは慎重にハイエナとの間合いを測った。

クリエの時のように距離を詰められないように、リドの時のように腕を掴まれたら——その時は、子供たちだけでも逃がせるように。

「……またたびを宮殿内に撒《ま》いたんですか？」

不思議と、気持ちは落ち着いていた。

不可解な状況の原因がわかって、目に見える敵がいるからかもしれない。あるいは、守るべきものがいるからかも。

「そうだよ。ライオンってこんな木の粉でラリっちゃうの、面白すぎない？」

ハイエナが掌をこすると、そこから細かい砂のようなものが落ちた。

花粉のように細かくしたものを風で飛ばして宮殿内に蔓延《まんえん》させたのだろうか。何も感じ取ることができないユウリにはそのにおいさえもわからないけれど。

「————ぅ……」

どこかから呻き声が聞こえて、ユウリの耳と同時にハイエナの丸い耳も震えて反応した。

「とうさま！　きちゃだめ！」

背後のテオが叫ぶ。瞬間、ユウリは両腕を広げてハイエナの視界を塞いだ。

部屋の中からシムが這って出てきたのだろう。子供たちを守りたい一心で。まだ意識があることは嬉しいけれど、じっとしていてほしい。祈るような気持ちでハイエナを睨みつける。

「やだぁ、そんな怖い顔しないで～」

大袈裟な仕草で腰をくねらせ掌を振ったハイエナが、無邪気に笑って腰につけていた剣を抜く。

「――どうせみんな死ぬんだから」

薄闇に光る剣先。

ユウリは呼吸するのも忘れて、その明確な殺意を前にして立ち竦んだ。

どこからともなく、短い悲鳴が聞こえた。思わずそちらに意識を向けると、目の前のハイエナがけたたましい笑い声をあげた。頭にキンキンと響く、耳障りな笑い声だ。

「まさかアタシ一人で来たわけないじゃない？」

「……！」

またたびで昏倒《こんとう》させて、一頭ずつ殺して回っているのか――慄然としたユウリの全身の毛穴が開いて、冷たい汗が噴き出してきた。今まさに、ゆっくりと宮殿内のライオンの命が奪われていっているのかと思うと膝が震えてくる。

いったいどうしたらこの場を切り抜けられるのか、考えても考えてもわからない。

ユウリがハイエナを抑えて子供たちを逃がすことはできても、シムやルシアまで守ることはできない。子供たちだって、他のハイエナに見つかったらひとたまりもないだろう。

「それにしてもラッキ～。ライオンなんて硬くて美味しくないし、と思ってたけどうさぎちゃんがいるなんてね。リドってば教えてくれればいいのに」

リド。

その忌々しい名前を聞いて、ユウリは諦めにも似た気持ちでどこか納得した。覚悟が決まった、と言ってもいい。

ライオンがまたたびに弱い、その分量も同じライオンであるリドならばわかって当然だ。彼がハイエナの中でどう過ごしているのかは知らないけれど、あの時イドに殺させたくない一心でリドを逃がしたことがこの惨状を招いてしまった。

その責任はユウリにもある。

「……テオ、カイ、リオ。遠くまで走って」

シムとルシアは守れないかもしれないけれど、子供たちだけは。

ユウリは自分でも驚くくらい静かな声で、後ろを振り向かずに子供たちに告げた。拳を握りしめて、大きく息を吸い込む。

きっとユウリが食い止められるのなんて一瞬だ。それでも、庭で元気に駆け回っていた子供たちならきっと逃げおおせる。そう信じていないと、勇気が湧いてこない。

「うさぎがライオンの子供守るとか、マジ笑うんだけど」

すぐに追いつくか――あるいは別の場所にいる仲間が仕留めると思っているんだろう、ハイエナは余裕たっぷりに笑って、剣の先を揺らしてユウリににじり寄ってくる。

ユウリはゆっくり後退して慎重に距離を保ちながら、どうしたら少しでも時間を稼げるか必死に考えていた。

部屋に逃げ込んで扉を閉めれば、多少は立てこもっていられる。だけど、ユウリが隠れてしまえばハイエナは子供たちを追うかもしれない。このままハイエナを引き付けておく必要がある。

心臓は痛いくらいに強く打っていたけれど、恐怖でへたり込むような真似はもうしない。

耳の毛が逆立っているのを感じる。

こんなに神経を研《と》ぎ澄ませたのは生まれて初めてだ。アッティーカ王国に着いた時よりずっと、覚悟が決まっている。もしかしたら怒っているのかもしれない。アッティーカのライオンたちを傷付けられたことに。

「いただきまーす」

妙に甘い声で言って、ハイエナが剣を持った腕を引いた。

重心が前に移動して、剣の切っ先をこちらに向けたまま素早く突進してくることがまるで目に見えるようにわかった。

あとは自分がどれだけ動けるか、それだけだ。

うさぎは逃げ足の速さだけでここまで種を繫いできたんだ。そう簡単にはやられない。

ハイエナが飛び掛かってくるより早く後ろに飛んで攻撃を避けようとした、その瞬間。

「――――！」

甲高い悲鳴が聞こえた。

ハイエナの注意が逸れる。ユウリはその隙に大きく距離を取って玄関口へと走った。

子供たちの影はない。聞こえた悲鳴も、ライオンのものには聞こえなかった。だとしたら――ハイエナの声だ。

背後のハイエナの反応が気になるけれど、よそ見をしていたら逃げきれない。ユウリは夢中で走って宮殿の外へと向かった。その間にまた、鳴き声が聞こえた。今度はぎゃっという絞り出すような声が立て続けに二回。

声は、外から響いてきた。

何が起こっているのかはわからない。しかし足を止めて考えている時間もない。

　ユウリは息をするのも忘れて夢中で走って、月の沈みかけた空の下に飛び出した。

「……!!」

　辺りに甘いにおいがたちこめていた。

　月明かりに金色の長い髪が照らされている。そこには、褐色の肌のライオンが一頭、立っていた。

「イ、ド……?」

　足元にはハイエナが三頭、うつぶせになって倒れている。生きているのか、死んでいるのかはわからない。

　周囲をハイエナに取り囲まれたライオンの手には剣が煌めいていて、その剣先から血が滴《したた》っている。

　息を呑んでその体に目を凝らすと、剣を伝っている血がハイエナのものなのか、あるいは剣の持ち主の流した血なのかわからないほど彼も傷付いていた。

　ユウリはこの国に来るまで、殺気なんてものとは無縁に生きてきた。

　だけど、今ならわかる。この、肌を刺すような空気がそれだということが。

　凄惨《せいさん》な戦いの痕。同胞を倒されて歯をむき出しにしているたくさんのハイエナたちよりも、その中央で血に濡れた剣を握っているイドただ一人から静かに溢れ出ている気配。

　ユウリは喉を鳴らして、見間違えるはずもないイドの背中を見つめた。目が逸らせなかった。

「ああ」

噎せ返るような殺気とは裏腹に、優雅にさえ見える仕草で振り返ったイドがユウリの姿を見て双眸を細める。

「あんたが無事でよかった」

夢のように微笑んだイドの言葉が、まるで別れの言葉のように聞こえた。

ライオンはこんな風に笑うのかと、最初の内はよく驚かされた。イドの笑顔は何度も見てきたけれど、そのどれとも違う。

どこか——朦朧としているように見える。

イドも、またたびを吸い込んでいるせいだ。

ユウリは足元から這いあがってくる恐怖を抑えて口を開いたけれど、何も言葉が出てこない。声をあげたら目の前の均衡が崩れてハイエナが一斉に襲い掛かってきそうな、そんな気がした。

ハイエナたちからの殺気がそれほど激しくないのは、きっと時が来るのを待っているからだ。

イドの体にまたたびが回る、その時を。

「こいつらは俺が相手するから。あんたは逃げてくれ。日の昇るほうへ走り続けていれば、そのうちクローヴァ王国に辿り着く」

イドが再びハイエナたちのほうを向いて、呼吸を整えるように背中を膨らませた。

もう息を吸い込まないでほしい。ユウリの前で泡を吹いて倒れたライオンの姿を思い出すとぎゅっと目を瞑りたくなる。でも、この美しいけものを見つめ続けなければならない。そんな気がした。

月明かりに透ける、美しい金色の髪。いつも、いやというくらいユウリを見つめていたくせに、どうしてこういう時には背中しか見せてくれないんだろう。クリエから守ってもらった時も、リドから守ってもらった時も、いつもユウリはイドの背中ばかり見ている。

そっぽを向かれていたら、クローヴァに帰るなんて嫌だと首を振っても見てもらえないのに。

「――……あんたの好きな果実、食べさせてやれなくてごめんな」

背中越しにイドがつぶやいた。

足元には踏みつぶされたような果実が転がっている。イドが、ユウリのために採ってきてくれた果実だ。ついているのはきっとハイエナの足跡だろう。

そんなものどうだっていいです、と喉が裂けるくらい叫び出したいのに体が動かない。

飛び出していって、イドの背中にむしゃぶりついて、一緒に逃げようと懇願したい。だけどそんなこと叶うはずがない。

イドはこの国の王だ。宮殿を捨てて逃げるなんてあり得ない。

それに、ユウリが出ていけばイドの気が逸れるかもしれない。ユウリがイドの弱点だと、リドだって言っていた。だから、言われた通り走ってこの場を去るのが一番いいんだろう。

でも。

「……っ」

ユウリが未練を振りきるように目を逸らそうとした時、アッティーカの赤砂を踏みしめていたイドがぐらりとよろめいた。

「イド！」

気付くとユウリは飛び出して、その体を支えていた。

うさぎがライオンの体を支えることなんて絶対にできるはずないのに。そんなこと考える暇もなかった。

その場に踏みとどまったイドが息苦しそうに顔を伏せて、唸り声をあげる。その血だらけの腕に手を添えたユウリを気遣うように体重を預けてくれないのがもどかしい。自分が非力なうさぎであることが悔しくてたまらない。

イドに触れた手に、どろりとした熱いものが滴ってくる。血だ。ライオンだって、たくさん血を流せば死ぬんだと教えてくれた人間の言葉が頭を過ぎって、ぞっとする。こんな時に。

「うさぎちゃんに助けてもらってよかったねえ？」

「でもまあ、時間の問題だと思うけど」

イドの歪んだ表情を見て、ハイエナたちが笑い声をあげる。

それを睨みつけようとするとイドがユウリの手を押さえた。腕に触れた手を握って、そっと押し返してくる。離れた手の間に、血の雫《しずく》が垂れた。

「……俺のことはいいから、行ってくれ。あんたを巻き込むわけには」

「嫌です！」

今度こそ声を振り絞って、ユウリは答えた。

まさか断られると思っていなかったのか、朦朧としていたイドの目が丸く見開かれる。ユウリとしては驚かれることのほうが心外だ。

イドの体に触れたせいだろうか、さっきまで震えていた体に勇気が湧いてくる。あるいは、怒っているのかもしれない。自分を逃がそうとするイドにも、彼を支えられない自分自身にも。

「僕はこの国であなたと生きていこうと決めました。だから、あなたや他のライオンたちを置いて逃げたりしない」

ハイエナたちがわざわざとどめを刺しに来ているということは、またたびを吸っただけではライオンは死なないということだ。昏倒させた上で殺そうという作戦なのだろう。

だからこれ以上ハイエナの侵入を許せばシムや、他のライオンたちがみんな殺されてしまう。

まだ助けられる。

「いや、だってあんたは――」

「僕を嫁にすると言ったのは嘘ですか」

イドがぐっと声を呑む。

またたびで体が沈んでいるせいか、いつもよりもイドと目線が近い気がするのも、ユウリをますます心強くさせた。

「僕は、あなたを愛している。だから一人で逃げろなんて言わないでください」

イドが帰ってきたら真っ先に告げようと思っていた言葉。

再び腕に手をかけて引き寄せ、額をすり寄せながら懇願するように囁くと、イドの手がユウリの頭を抱いた。頭上でため息のような笑みが漏れる。

「嫁にすると言ったのは嘘じゃない。……愛しているから、あんただけでも逃がしたかったんだ」

「僕が死ぬ時は、あなたに食われる時です」

もう絶対に離れませんからねと、ユウリがイドの血だらけの腕に爪を立ててしがみつくと、イドがいつものような笑い声をあげた。

「俺があんたを食うわけないだろ」

見上げたイドの顔はどこかすっきりとしていて、またたびの効果が少し薄れているかのようだ。

ユウリの摑んだ腕のもう一方で握った剣を構えると、イドはさっきまで朦朧としていた目に光を宿してハイエナたちを見据えた。

「ユウリ、そうやって腕に爪を立てていてくれるか。大事な時に寝ぼけてると、また可愛い嫁に怒ら

れるからな」

　不敵に笑うイドの呼吸はまだ浅い。

　ユウリが触れた肌もいつもより汗ばんでいて、それなのに冷えている。足はまだ立っているのが精一杯という様子でとてもイドから飛び掛かっていくことはできそうにない。

　これだけの数のハイエナを相手にできるのかどうかわからないけれど、ユウリは小さく肯いた。

「任せてください。絶対に、……絶対にあなただけのうのうと眠らせたりしませんから」

　こみあがってくる恐怖心を抑え込んでユウリも笑ってみせる。

　イドも喉を鳴らすようにして笑った。

　顔を見合わせたハイエナたちは呆れたようにぐるりと首を回してから——各々が武器を構えて毛を逆立て始めた。

　夜風が吹き抜けていく。これ以上待っていてはまたたびの効果が薄れてくると危惧《きぐ》し始めたのかもしれない。ハイエナたちは嘲笑《ちょうしょう》を浮かべながらも姿勢を低くして、今にも飛び掛かってきそうだ。

　ユウリはイドと反対側を警戒しながら、身構えた。

　クローヴァ王国で生まれて、うさぎの旧王族として育てられてきたユウリがライオンの国でハイエナに殺されるなんて想像もしていなかった。

　でも、生涯にこの人だけと決めた伴侶《はんりょ》を見つけられたのだから悪いことばかりじゃない。

「来るぞ」

イドが低く唸る。

ユウリが肯いたその瞬間、ハイエナの足元で砂埃が舞った。

「――――!」

イドの前方から二頭、ユウリの後ろに回り込んだハイエナが一頭。

甲高い声をあげて刃物を振り上げてくる姿に、思わず身を竦めて覚悟を決めた時――大きな咆哮が夜空を切り裂いた。

まるで地響きのような声だ。

「何!?」

イドと剣を合わせたハイエナさえも一旦飛び退《の》いて、振り返る。

うっすらと白み始めた空に、たかの大きな翼が羽ばたくのが見えた。光に彩られた地平線の向こうから、駆けてくる影。その形はユウリがひどく見慣れたものだ。

「――……クローヴァ騎士団……です」

つぶやいた声が掠れて、震える。

たか族に連れられてここまでやってきたのだろう。そうでなくては、こんなに早く駆け付けられるわけがない。鎧《よろい》をつけたうさぎたちは疲れた様子もなく身軽な速さで押し寄せてきて、ハイエナたちに矢をかける。

「ユウリ様、イド様は中へ！」

騎士団長の声に、ユウリがイドの腕を引く。

一気に気が抜けたのかイドの足は縺れるようだったけれど、ユウリは精一杯の力を振り絞ってその大きな体を引きずるようにしてその場を離れた。

剣戟《けんげき》の音が遠ざかっていく。砂埃の舞う主戦場が遠くに見える場所まで来てから、ユウリはようやく地面にへたり込んだ。隣にイドも沈み込む。座りこんだ後も強く握りしめたままのイドの腕は温かくて、確かに息衝いている。

自分がクローヴァ王国に見捨てられたわけではなかったということも、アッティーカ王国が救われたことも、イドが無事でいることも、すべてがまるで夢みたいだ。

白んだ空に、ぶつかり合う剣の甲高い音が響く。

クローヴァ騎士団とたか族に取り囲まれたハイエナたちは見る間に押されて、今や戦況は明らかだ。

クローヴァ王国で生まれ育ったユウリでも騎士団が本当に戦っているところを実際に見るのは初め

てだった。争いなんて無縁な国だと思っていたから。しかし、毎日鍛錬を欠かしたことのない騎士団の働きは素晴らしいものだ。

老齢の騎士団長の号令で統率が取れていて、同じうさぎとは思えないくらい勇ましい。うさぎは弱いなんて、ユウリの言い訳に過ぎなかったのかもしれないと思えるくらい。

「イド、大丈夫ですか？」

「ああ、だいぶ落ち着いてきた。……しかし、うさぎが戦ってるのをライオンが指くわえて見てるだけとはな」

手足が麻痺《まひ》しているのか、大きな掌をしきりに握っては開いてを繰り返すイドは戦いに参加したくてうずうずしているようだ。

空がだいぶ明るくなってきたおかげで、イドの傷の具合もよく見えるようになってきた。顔色も悪くないし、切り傷は多いけれどどれもほとんど血は止まっている。

ハイエナは、またたびで朦朧とさせながら少しずつ斬り刻んでイドをいたぶりたかったんだろう。ハイエナに殺されたけものはだいたいそんな亡骸《なきがら》になっていると聞いたことがある。

「……なんだありゃ。おおかみ、か？」

騎士団の中でも一際大きな剣を振り回してハイエナをなぎ倒していく騎士に目を止めたイドが、まだ霞んでいるらしい目をこすって身を乗り出す。

ユウリはその体を支えながら、うさぎの形の鎧を着けた騎士を眺めて笑った。

「はい。クローヴァには一頭だけ、おおかみの騎士がいるんです」

彼もまた幼い頃にハイエナに襲われて弱っていたところを救われ、騎士団長に育てられたと聞く。因縁《いんねん》がないわけではない種族との戦いだから、より荒々しくなっているのかもしれない。彼が駆け付けた時の咆哮を思い出すとあながちユウリの考えすぎというわけでもないだろう。

「そりゃすごいな。クローヴァはうさぎと人間だけじゃなく、おおかみまで共存してるとはな」

「アッティーカ王国もいろんな種族が一緒に暮らせるといいですね」

うさぎに混じったおおかみの騎士が戦う様子を見つめたままユウリがぽつりとつぶやくと、横顔にイドの視線を感じた。

振り向いて、ユウリなりにとびきり不敵に笑ってみせる。

「……まずはうさぎ、とか」

「名前つけたほうがいいか？」

「名前ないんですか？」

うららかな昼下がり。

ユウリはもうすっかりアッティーカの気候に慣れてしまって、庭の木陰に座っているくらいでは暑いとも感じなくなっていた。

宮殿に侵攻してきたハイエナたちをほとんど逃がすことなく捕らえた後、ライオン軍の回復を待ってクローヴァの森に向かうとそこも既に片が付いていた。

前もって拠点を作らせていた数頭のライオンたちが、アッティーカへの侵攻を許した自分たちに対する怒りをこめて凄惨な戦いが繰り広げられたそうだ。イドはその話をあまりユウリに聞かせたがらなかったけれど、どうしたって耳には入ってくる。

なにしろユウリはアッティーカ王国の大臣たちとも、今となっては軍人たちとも気軽に話せる仲なのだから。

ハイエナたちをまとめようとしていた首領を失った今、そこに加わっていなかったハイエナは変わらず特定のねぐらを作らずに暮らしているという。クローヴァの森からハイエナがいなくなったわけではないし――リドの行方もわからないままだというけれど、当面の脅威は去った、と考えていいんだろう。

拠点を構えていたライオンたちも無事に引き上げてきて、同盟の証として交換された人質も無事に帰国できる——はずなのだけれど。

今日もユウリはイドの膝の上だ。

最近はもうそんなみっともないこと、と抵抗する気さえ失せてきた。他のライオンの前でされなければ別にいいというか、膝の上に抱き上げられても違和感を覚えなくなってしまったというか、ここが自分の定位置という気さえしてくる。

「あるわけないだろ、ライオンは果実なんか食わねえんだから」

「なんかとはなんですか、あんなに美味しいのに」

「そんなに気に入ったならもう少し近くに木を植えてみるか」

イドの思い付きに、声を発するよりも前に耳がピンと立ってしまったのだろう。ユウリの顔を見下ろしたイドがおかしそうに噴き出す。

なんだか食い意地が張っているようで恥ずかしくなって、イドの肩口に顔を伏せると大きな掌で髪を撫でられた。

「……けどまあ、ライオンは木だの草だの育てたこともねえからな。そのへんも、クローヴァで教わってこないとな」

クローヴァ王国に続く青空を仰いだイドが、無防備に笑う。

楽しくて笑っているというより気が抜けて弛緩したような顔だ。それを見つめているユウリもまた、同じような表情になっているんだろう。

「ふふ、クローヴァにイドが眠れる大きさのベッドがあるでしょうか」

イドがクローヴァ王国を訪ねると言い出したのはつい昨夜のことだ。

そういえばと、あらかじめ決まっていたことを伝え忘れていたというように言い出すのでユウリはすっかり驚いてしまったけれど、アッティーカ王国はクローヴァの騎士団に助けられたようなものだ。国王が直々《じきじき》に礼に行くのはおかしな話じゃない。

と納得したのも束《つか》の間《ま》、イドがユウリの両親に挨拶をしたいと言い出すので昨夜はちょっとしたパニックになった。ユウリただ一人だけが。

「俺が寝られるだけじゃ困る。あんたも一緒に寝れないとな」

「！　また、そういう……」

互いの国に送られた人質はもう帰国していいはずだというのに、ユウリはアッティーカに留まることを選択した。イドのそばにいることを。

クローヴァに送られた白いライオンもクローヴァで歓迎されてうまくやっているようで、このままでいいと言っているらしい。

これを機にクローヴァとアッティーカの関係は良好になっていくことだろう。
とはいえ、ライオンの国王が常に危険と隣り合わせだということはユウリだって身をもって知っている。だからこそ、イドの隣に留まることを選んだユウリの両親に挨拶をしたいと思うイドの気持ちもわからないではない。オスとしては立派な心掛けのはずなのだけれど——

「俺の嫁にする承諾をもらいに行くんだ、一緒に寝るくらいいいだろう」

「だ、だからそれが……！」

息子にライオンのオスと番になるなんて言われたら両親がどんな反応を示すのか、考えるだけで眩暈がしてくる。

理解してもらいたい気持ちはあるし、隠したいと思っているわけでもない。でも、平静ではいられない。

イドはその手土産にと例の果実を再び取り寄せている最中で——とりの手にかかればすぐに採ってこられるのだというから、あの美味しい実を妹に食べさせることができるのは喜ばしいものの、なんとも座りが悪い。

「大丈夫だ、里帰りだって自由にできるようにするさ。これからアッティーカとクローヴァは同盟国になるんだからな」

ハイエナを蹴散らすための一時的なものではなく、永続的な同盟国。

ライオンの力強さと他国との交渉に強いところ、クローヴァの知恵が合わされば怖いことなど何もない。それは、ユウリにとっても嬉しいことだ。

「果実祭には毎年、その——まだ名前はないが、あんたが美味いって言う果実をたくさん仕入れて運ばせる」

自分は果実の美味しさもわからないくせに楽し気にしているイドの顔を見ると、もう何もかもがうまくいくように思えてきてユウリは笑った。

イドは優しいライオンだ。

きっとクローヴァの国民にも優しいだろうし、ユウリのこともこのままずっと幸せにしてくれるんだろうと確信できる。

ユウリが肩の力を抜いてイドに凭れかかると、耳の付け根に唇が降ってきた。くすぐったさに笑うと、今度は頬にも。

「そうだ、向こうに行ったら一番知恵のある人間の学者を紹介してくれ」

「？　構いませんけど……何か知りたいことでも？」

この国の砂で木や草を育てる方法も人間に聞かなければわからないし、場合によってはしばらくアッティーカに来てもらう必要もあるかもしれないとは思っていたが、それ以外に何か人間の知恵を借りたいことなんてあっただろうか。

ユウリが目を瞬かせると、まつ毛が触れ合うほどの距離に顔を寄せたイドが双眸を細めて笑う。

「あんたとの間に子供が作れないか聞いてみる」

「!!」

かっと顔を熱くしたユウリが反射的に身を離そうとすると、イドがそれを拒むようにユウリの背中を強く抱きしめた。ライオンの腕で肩を抱かれていては離れることもできない。

ユウリならば、この国で一番強いはずのその腕を振り払うこともできるだろうけれど、愛している人の腕の中からそこまでして逃げ出そうなんて思いもよらなくて――ユウリは真っ赤になった顔をイドの胸に押し付けた。

「ばか」

仕返しにその胸を拳で叩いたところで、イドにしてみたら痛くも痒《かゆ》くもないだろう。頭上であげられた笑い声がのどかな空に溶けていく。

「嘘だよ、子供なんかいなくてもあんたがいるだけで幸せだ」

そういうことを平気で言ってしまうところが馬鹿だと言ってるんだと言い返してやりたいけれど、顔が熱すぎて言葉が出てこない。

ユウリはずっと、漠然といつかメスのうさぎと結婚してハインドマン家の種を継いでいくんだろうと思っていた。でも、別に子供が欲しいと思っていたわけじゃない。自分がこんな風に誰かを恋しく思えるようになるなんて、想像もしていなかった。

　子供なんていなくても、ハインドマン家の血を継ぐのが自分ではなくても、イドがいればそれだけでいい。どんな危険な目に遭うことより、イドと離れる想像のほうがおそろしい。

「ユウリ」

　イドの胸にぎゅっとしがみついたユウリが何を考えているのか察しているように、イドの声が甘さを帯びる。

　鋭利な爪を隠した優しい指先で頬を撫でられて顔を上げると、唇が降りてきてユウリは自然と目を閉じた。

　木漏れ日を落とす葉が風に揺れて、瞼の裏がキラキラと彩られる。まるでイドの髪のようだ。愛《いと》しい人の優しい腕に抱かれながら、ユウリは新たな故郷の暖かな風に吹かれていた。

あとがき

こんにちは。茜花《さいか》ららです。

このたびは「囚《とら》われうさぎは獅子王《ししおう》の腕《うで》の中《なか》」をお手に取っていただき、ありがとうございます。

本作は、拙著「おおかみ騎士《きし》とたれみみ従者《じゅうしゃ》　〜うさぎの国《くに》の幸《しあわ》せ魔法《まほう》〜」と同じ世界観で描かれたまったく別のお話となっております。が、本文を最後までお読みいただいてからあとがきをご覧の方には「出てきたやん！」と思われていることでしょう。

あとハイエナは相変わらず悪役だったりなど、端々はリンクしていますがまったく別のお話です。

前回はハイエナが敵というわけではなかったのであとがきに書けなかったのですが、この世界のハイエナはみんなオネエ口調でお話しています。というのは、ハイエナは（ライオン以上に）メスが強く、群れのリーダーもメスだったりするからというのもあるのですが、それ以上に身体的にもハイエナは長らく両性具有だと信じられてきた——という逸話を見かけたからです。

なので、メスのハイエナが攻めてきた……とかではなく、両性具有感があるハイエナとして描写しました。両性具有っぽいキャラ好きなので……あとそういう悪役って「厭らしい」感じがするなあと……悪役好きの私は嬉々として書いています……。

なお、本作中に出てくる「またたび」。猫が大好きなものといえばちゅ●るかまたたびかって感じですが、これ実際与えすぎると危険らしいですよというのも本当の話です。中枢神経がマヒするとかなんとか……諸々実際の生態などを調べて書いていますが、とはいえまたたびでふらついているイドが口からよだれ垂らして酔っ払っているわけではないのでそこはご安心ください。笑。

それにしてもこの、クローヴァ王国やアッティーカ王国のある世界ですが、とり族の姿はどうなってるんでしょうね……今回ねずみの国（千葉《ちば》方面の国ではないです）やたか族たちもたくさん出てきましたが……とり族のＢＬはキスしにくいな……バードキスしかできないな、なんつってね（オヤジ）。

前作に引き続き絵本のような世界を描画してくださいましたカゼキショウ先生、驚くほど連絡のつかない私に懲りずにお付き合いいただきました担当Ｍ様、本当にありがとうございました！

私一人ではこのお話が世に出ることはありませんでしたし、カゼキショウ先生の美しく可愛らしい挿画のおかげで拙著を手に取ってくださった方も決して少なくないと思います。

本作に関わってくださった皆様と、すべての出会いに感謝しています。

そしてもしよろしければ、また次作でもお会いできましたら幸いです。

2021年　4月　茜花らら

翼ある花嫁は皇帝に愛される

つばさあるはなよめはこうていにあいされる

茜花らら
イラスト：金ひかる

定価957円

トルメリア王国の西の森にある湖には、虹色に煌めく鱗を持つ尊き白竜·ユナンが棲んでいる。ある日、災厄の対象として狩られる立場にあるユナンの元に、王国を統べる皇帝・スハイルが討伐に現れた。狩られる寸前、ヒトの姿になったユナンだったが、小さなツノを額にもつことで不審に思われ、そのまま捕縛されてしまう。王宮に囚われたユナンは、なんとスハイルに一目惚れされ、あれやこれやと世話をやかれるようになる。大切にされるうち徐々に心をひらいていくユナンは、スハイルの熱烈なアプローチに陥落し妊娠してしまい……？

リンクスロマンス大好評発売中

拾われヤクザ、執事はじめました

ひろわれやくざ、しつじはじめました

茜花らら
イラスト：乃一ミクロ

定価 957 円

失業中のヤクザが執事に転職…!?

宿無しヤクザの三宗は跡目に裏切られ組を離れることに。そんな時、香ノ木葵という美麗な男性に拾われる。なんと香ノ木家は日本を代表する名家のひとつで、葵は実業家の若当主だった。三宗は用心棒として雇ってくれるよう頼むが、なぜか執事として採用される。三宗に与えられたのは大富豪の使用人を束ねるトップの座。そんな慣れない仕事に悪戦苦闘する三宗だが、不器用ながらも執事としての風格を備えていく。その矢先、葵に「執事の君は一生僕に尽くして僕だけのものでいなければいけない」と迫られて……？

LYNX ROMANCE

小説原稿募集

リンクスロマンスではオリジナル作品の原稿を随時募集いたします。

募集作品

リンクスロマンスの読者を対象にした商業誌未発表のオリジナル作品。
（商業誌未発表のオリジナル作品であれば、同人誌・サイト発表作も受付可）

募集要項

＜応募資格＞
年齢・性別・プロ・アマ問いません。

＜原稿枚数＞
４５文字×１７行（１枚）の縦書き原稿、２００枚以上２４０枚以内。
※印刷形式は自由。ただしＡ４用紙を使用のこと。
※手書き、感熱紙不可。
※原稿には必ずノンブル（通し番号）を入れてください。

＜応募上の注意＞
◆原稿の１枚目には、作品のタイトル、ペンネーム、住所、氏名、年齢、電話番号、メールアドレス、投稿（掲載）歴を添付してください。
◆２枚目には、作品のあらすじ（４００字～８００字程度）を添付してください。
◆未完の作品（続きものなど）、他誌との二重投稿作品は受付不可です。
◆原稿は返却いたしませんので、必要な方はコピー等の控えをお取りください。
◆１作品につき、ひとつの封筒でご応募ください。

＜採用のお知らせ＞
◆採用の場合のみ、原稿到着後６カ月以内に編集部よりご連絡いたします。
◆優れた作品は、リンクスロマンスより発行させていただきます。
原稿料は、当社既定の印税でのお支払いになります。
◆選考に関するお電話やメールでのお問い合わせはご遠慮ください。

宛先

〒151-0051
東京都渋谷区千駄ヶ谷４−９−７
株式会社　幻冬舎コミックス
「リンクスロマンス　小説原稿募集」係

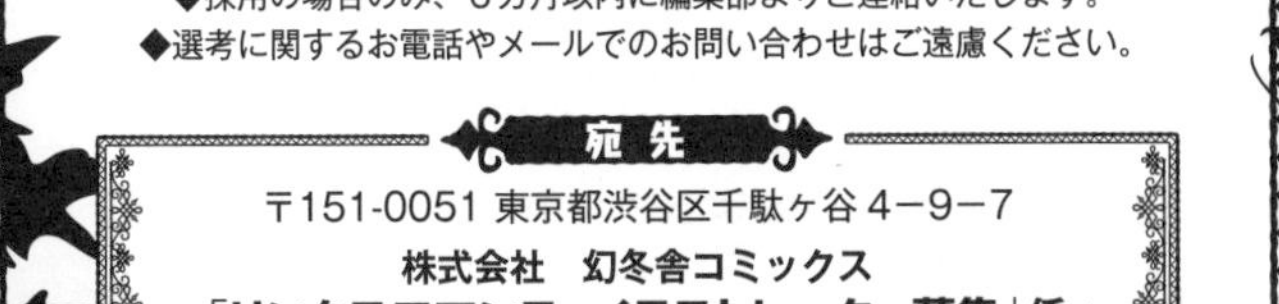

この本を読んでの
ご意見・ご感想を
お寄せ下さい。

〒151-0051
東京都渋谷区千駄ヶ谷4-9-7
(株)幻冬舎コミックス　リンクス編集部
「茜《さい》花《か》らら先生」係／「カゼキショウ先生」係

リンクス ロマンス

囚われうさぎは獅子王の腕の中

2021年4月30日　第1刷発行

著者……………茜《さい》花《か》らら
発行人…………石原正康
発行元…………株式会社　幻冬舎コミックス
〒151-0051　東京都渋谷区千駄ヶ谷4-9-7
TEL 03-5411-6431（編集）
発売元…………株式会社　幻冬舎
〒151-0051　東京都渋谷区千駄ヶ谷4-9-7
TEL 03-5411-6222（営業）
振替00120-8-767643
印刷・製本所…株式会社　光邦
検印廃止

ISBN978-4-344-84851-1 C0293
Printed in Japan

幻冬舎コミックスホームページ　https://www.gentosha-comics.net